PARIS ORIGINAL

(PARISIENS ET PARISIENNES)

COLLÉGIENS, ÉTUDIANTS

ET

MERCADETS

Pour Rire

PAR

ÉDOUARD MARTIN

PARIS

D. GIRAUD, LIBRAIRE-ÉDITEUR

7, rue Vivienne, 7

MDCCCLIII

COLLÉGIENS, ÉTUDIANTS

ET

MERCADETS

POUR RIRE

PARIS. — IMPRIMERIE DE PILLET FILS AÎNÉ,
RUE DES GRANDS-AUGUSTINS, 5.

COLLÉGIENS, ÉTUDIANTS

ET

MERCADETS

POUR RIRE

PAR

ÉDOUARD MARTIN

> J'ai vu les gamineries de mon temps et j'ai écrit ce petit volume, où la littérature n'a rien à voir.
>
> ED. MARTIN.

PARIS

D. GIRAUD, LIBRAIRE-ÉDITEUR

7, Rue Vivienne, 7

MDCCCLIII

DÉDICACE

Collégiens, mes amours, fermez vos pupitres!... le temps des vacances est à la fin venu.

Les vacances! comme ce mot caresse agréablement l'oreille, et qu'il fait battre vos cœurs, mes chéris!

Les vacances! c'est-à-dire toute une existence de joie, de fêtes, de plaisirs: les dîners à 32 sous et les mélodrames, la grasse matinée et le coucher à minuit, la cigarette et le petit verre d'anisette, Asnières et Montmorency, les gants à 29, l'avant-scène des Délass... un abîme de jouissances, quoi!!!

Futurs avocats, médecins à venir, diplomates en herbe, vaudevillistes en nourrice, c'est pendant vos vacances que les marchands étalent leurs plus jolies marchandises; c'est pendant vos vacances que la politique se tait, que la procédure se repose. Les avoués s'en vont pendant les vacances, et les huissiers, — eux aussi! — font les morts.

Collégiens, mes bibis, chers gamins de mon cœur, tout dans la nature conspire à vous rendre le temps des vacances agréable! L'éditeur de *Paris original* me charge d'apporter son obole à cette contribution du plaisir.

Acceptez donc la dédicace de cette monographie, écrite au courant d'une plume rapide.

Et croyez-moi, collégiens bien-aimés, votre meilleur ami.

Amen!!!

L'ENTRÉE AU COLLÉGE

L'Aurore aux doigts de rose a ouvert les portes de l'Orient. Nous sommes au 5 octobre.

Il est sept heures du matin. La maison Crapouillot est en émoi; c'est aujourd'hui que le petit César Crapouillot, fils de M. Agésilas Crapouillot et de madame Anastasie Crapouillot, marchands de rubans, rue Saint-Denis, entre au collége.

« — Verginie! Verginie! Verginie! demande à tue-tête madame Crapouillot, eh bien! vous n'êtes pas encore levée?... Verginie! Verginie! Verginie!

Virginie arrive, en se frottant les yeux, dans la chambre de madame.

— Eh bien, avez-vous fait la malle de César?

— Oui, madame!

— Pauvre chéri du bon Dieu!... c'est aujourd'hui qu'il entre au collége. En voilà un chagrin pour moi, Verginie!

Virginie, à part :

— Quel débarras!

— Dire qu'il va se lever à cinq heures du matin, le cher ange!... Avez-vous mis ses bas de laine?

— Oui, madame!

— Ah dame! c'est bien dur pour le cœur d'une mère de se séparer de son enfant!... un enfant si charmant!... qui fait tout ce qu'il veut... comme ça va lui sembler pénible, à cet amour!

— Ah bah!... il s'y habituera!

— Il s'y habituera! il s'y habituera!... c'est possible... mais en attendant, il ne sera jamais soigné comme à la maison! On dit qu'on est si mal nourri dans ces colléges! Vous avez pensé aux confitures de coings?...

— Oui, madame... et puis des poires, et puis des raisins secs, et puis une toupie en acajou, et puis des billes en agate, et puis une balle élastique.

— Pauvre bijou!... il est sept heures et demie... on nous attend à onze heures... le temps de déjeuner : il faut réveiller César!... allez, je m'habille. »

Mais Virginie n'a pas eu besoin d'éveiller le jeune César, l'héritier des Crapouillot a passé la nuit sans dormir.

L'entrée au collége, le premier bain froid et le premier mariage sont les trois événements les plus importants de la vie de l'homme.

Donc César a fait, tout éveillé, les rêves les plus pharamineux.

On déjeune.

« Eh bien, dit le père Crapouillot en se frottant les mains, voilà l'instant qui approche!

— Cher amour d'ange! dit madame Crapouillot en étouffant César de baisers.

— Tu travailleras bien, n'est-ce pas, mon fils!

— Oh! oui, pppa.

— D'abord, vois-tu, moi, je ne te mettrai pas dans le commerce.

— C'est pour ça que nous t'envoyons au collége, mon cœur.

— Je veux que tu sois quelque chose!...... Qu'est-ce que tu voudrais bien être, mon fils?

— Moi, pppa?... je voudrais être riche...

— Comme il a de l'esprit, monsieur Crapouillot!... Travaille bien, mon chéri, tu iras à l'École polytechnique.

— Non... va... César... tu sais, nous connaissons M. Delacour, qui est à tu à toi avec le ministre, nous te lancerons, mon garçon! Virginie, allez chercher une voiture. Oh! il sera ministre un jour, madame Crapouillot! Je suis bien heureux que vous m'ayez donné un fils semblable!... Embrasse ta mère, César. »

Madame Crapouillot est au comble de la félicité.

Virginie revient avec la voiture... il faut que Crapouillot reste à la boutique... Madame Crapouillot conduit César au collége.

La bonne mère trouve que les deux haridelles de la citadine vont plus vite que le chemin de fer.

Le véhicule s'arrête. — La porte du collége s'ouvre... César fait son premier pas dans le monde.

PETITE SCÈNE

QUI SERA TOUJOURS LA MÊME

La Mère. — Ayez-en bien soin, Monsieur.

Le Proviseur. — Soyez tranquille, Madame.

— C'est notre fils unique, Monsieur.

— Nous veillerons sur lui.

— Il est faible de santé... ménagez-le...

— Oh! il sera très-bien... Comment réglerons-nous ses sorties?... tous les mois?

— Tous les mois! mais vous voulez donc que son père meure de chagrin?

— Tous les quinze jours?

— Ah! monsieur, j'en ferais une maladie... Pauvre amour! (*Elle embrasse César.*)

— Eh bien! tous les huit jours.

— C'est bien long...

— Les règlements de l'établissement sont formels.

— Alors tous les huit jours... Mais je viendrai te voir, mon ange adoré. (*Elle embrasse César.*)

— Voici le tambour... on sort de déjeuner... je vous quitte... Adieu, Madame.

— Adieu, Monsieur... Je vous recommande César... c'est notre fils unique.

Madame Crapouillot mange son fils de caresses... mais il faut se résigner... César dévore déjà sa prison du regard...

— Adieu, mon fils!... Pauvre ange!... Mais n'aie pas peur! nous viendrons te voir... nous t'apporterons du chocolat,... mon petit lapin,... mon petit bijou,... ma créature aimée, mon amour!...

Et la pauvre madame Crapouillot s'arrache

des bras de son rejeton par un mouvement héroïque.

Crapouillot quitte sa mère sans sourciller.

Une vie nouvelle commence pour lui.

C'est ainsi que tous les Crapouillot du continent se précipitent au collége.

LE COPIN

Castor et Pollux, Nisus et Euryale, Damon et Pythias, dans l'antiquité;

Bayard et Dumanoir, Duvert et Lauzanne, Clairville et Cordier, dans ce temps, donnent l'idée la plus exacte qu'on puisse se faire d'un copin.

Le copin de collége est un ami dévoué qui devient un autre vous-même, partage vos peines, vos chagrins, votre beurre, vos plumes de fer et vos billes. C'est un associé qui prend les intérêts d'une maison Crapouillot ou Blandezinc et Cie, et cherche à en assurer la prospérité.

L'apport d'un nouveau Crapouillot dans une société Blandezinc consiste ordinairement en quelques pots de gelée, des billes de valeur et deux ou trois volumes de Berquin ou de Paul de Kock, de Ducray-Duminil ou d'Alexandre Dumas, suivant l'âge du Crapouillot ci-nommé.

Au point de vue commercial, le copin de collége n'a qu'une très-médiocre importance.

Il inscrit sur son blason : « Donne-moi de quoi q' tas, je te donnerai de quoi q' j'aurai. »

Et il observe religieusement sa devise.

Mais les transactions sont très-bornées. — Au service de l'Université, le collégien n'est pas calé !

Le copin se transforme quelquefois en un ami éternel ; mais c'est très-rare. Cela ne s'est même jamais vu.

LE PION

« Il n'est pas de cheval de fiacre, de septième clerc d'avoué, de mousse à bord d'un navire, de vieille femme galante, de dernier commis de commerce, d'apprenti d'usine, de forçat dans son bagne, de chien à l'attache, de voyageur livré à des sauvages, de moineau pris par des enfants, qui ne soit plus heureux qu'un pion. »

C'est un esprit charmant, Édouard Ourliac, qui a ainsi défini la vie du pion de collége.

Ourliac était encore au-dessous de la vérité.

Dire les souffrances de cet être humain, qui a pourtant deux pieds et deux mains comme vous et moi, Monsieur, est chose impossible.

Échappé d'une étude de clerc d'huissier ou traqué d'estaminet en estaminet par un *doit* considérable, le pauvre diable qui s'enrôle dans cette compagnie des servants du malheur doit avoir toujours présent à l'esprit ce mot célèbre de la Trappe : « *Frère, il faut souffrir !* »

Un pion a généralement quatre cents francs d'appointements. Il est nourri, couché et logé.

Moyennant ces honoraires, le pion ne s'appartient plus, c'est une chose, une machine... Il se lève à cinq heures du matin, il se couche à minuit sans avoir un quart d'heure de répit.

Et sa femme? Et ses enfants? Et sa famille?

Mais, ma parole d'honneur, je vous trouve charmant!... Est-ce qu'un pion a une femme? Est-ce qu'un pion a des enfants? Est-ce qu'un pion a une famille?

Un pion... c'est un pion!!!!

Observation. — Le pion a de trente à quarante-cinq ans. Passé cet âge, on n'a jamais su ce qu'ils pouvaient devenir.

L'ÉTUDE

Si Crapouillot est un être indécrottable, si Blandezinc est le digne émule de Crapouillot, en revanche Topinard et Blandin sont des bûcheurs, des piocheurs.

A peine le tambour a-t-il battu, que Topinard et Blandin sautent à bas du lit; ils se mettent au travail dès que la salle d'étude est éclairée. Jamais ils ne sont en défaut. C'est le thème qui les voit lever, c'est la version qui les couche.

Aussi Crapouillot et Blandezinc font-ils les vœux les plus impies en défaveur de ces deux *jésuites*.

Tel est le nom dont on baptise les élèves qui travaillent.

L'*étude* est ordinairement une grande salle ornée, dans toute sa longueur, de tables sur lesquelles sont posés des pupitres. Ces meubles renferment les livres, le papier, les plumes du collégien. Le pupitre joue un grand rôle dans l'étude.

Il subit des métamorphoses que l'imagination de la fée la plus ingénieuse ne saurait inventer.

Le pupitre se transforme tour à tour en cabinet de toilette, en cuisine, en poulailler, etc., etc., etc.

Le Crapouillot, qui doit avoir un jour cinquante mille livres de rentes et frissonne déjà en lisant sur une affiche : « Mademoiselle Alice Ozy remplira le rôle de Suzette, » bourre les interstices laissés par ses livres, de savon de Windsor à trois sous, de cosmétiques méphitiques et de pommades rances. Menuisier par coquetterie, il trouve le moyen d'enlever, dans l'épaisseur de son pupitre, une place suffisante pour y placer un morceau de verre blanchi, qu'il décore du nom pompeux de glace, et entoure cette nouvelle psyché de peignes et de brosses à cheveux. Pupitre-toilette.

Blandezinc est gueulard, lui. Sa bonne maman Chamouillé lui donne trente sous par semaine. Un trésor, notez bien! Blandezinc a la passion de la boutique à treize. Il ne sort jamais sans rapporter un petit plat en terre, un pot en fer-blanc, une casserole, un petit fourneau, un gril, une fourchette, un couteau, une cuiller, n'importe quoi. Demain, chère Madame, vous pourriez donner à M. Anténor Blandezinc, âgé de quatorze ans, votre jolie fille Artémise, vous trouveriez dans le pupitre de votre gendre un ménage monté. Pupitre-cuisine.

Aristide Giboulot a une autre passion. Cancre au possible, il adore la volaille. Son pupitre, entièrement dégarni de toute espèce de Lhomond et de Racines grecques, a reçu une couche de millet, de chènevis et un assortiment complet de graines. Là vivent ou plutôt agonisent, — grâce à des trous percés frauduleusement, — un moineau, un poulet et un petit canard, à l'éducation desquels se livre ardemment Giboulot. Pupitre-poulailler.

Pendant que tous les Blandin et les Topinard piochent et étudient, Crapouillot se regarde et s'admire. La raie de monsieur n'est pas droite ; monsieur fait sa raie, met de l'eau de Cologne dans son mouchoir et repasse des rasoirs. Blandezinc, qui a déchiré un Virgile tout neuf (Virgile, c'est son charbon), allume le fourneau, après avoir jeté un morceau de beurre dans la casserole avec un quartier de pomme. Blandezinc confectionne une pomme au beurre.

Maître Giboulot,

> Dont la bonté s'étend sur toute la nature,
> A ses petits oiseaux prépare la pâture.

Mais l'eau de Cologne a trahi Crapouillot, la fumée qui s'échappe des cuisines a trahi Blandezinc, le gloussement de la volaille a trahi Giboulot. Trahison générale. On n'est trahi que par les siens. Crapouillot, Blandezinc et Giboulot sont *collés*.

Collés, l'admirable mot!

Les cosmétiques, les comestibles, les volatiles sont confisqués, et Crapouillot, Blandezinc et Giboulot, privés de récréations pendant trois jours, prononcent un serment auprès duquel celui des Horace et du Jeu de Paume ne sont que de la Saint-Jean.

Ils jurent de renverser l'exécrable tyran — qui les torture.

Ils arrachent Guillaume à ses *ferses!* Guillaume, c'est le quartier; Gessler, c'est le pion.

Sisyphe, le rocher de Crapouillot va te retomber encore une fois sur le crâne, mon bonhomme!

LA CONJURATION DE CRAPOUILLOT

OU

LA PERTE D'UN PION

Drame en trois actes, en prose, dont un prologue.

PROLOGUE

LES CONJURÉS

DÉCOR : LE JARDIN DES PLANTES

SCÈNE I

CRAPOUILLOT, BLANDEZINC, GIBOULOT

(Ils sont assis tous trois au pied du cèdre du Liban, dans le Labyrinthe. — C'est jeudi.

CRAPOUILLOT. — Est-ce que Pluchonneau canerait?

BLANDEZINC. — Il m'a pourtant bien promis.

GIBOULOT. — Pluchonneau est un bon garçon, il tiendra sa parole.

CRAPOUILLOT. — Après cela, qu'il la tienne ou qu'il ne la tienne pas, je m'en moque comme de Colin Tampon; le pion la sautera.

BLANDEZINC. — Oh! quant à ça, pas de miséricorde pour cette canaille!

GIBOULOT. — Voici Pluchonneau.

SCÈNE II

LES MÊMES, PLUCHONNEAU

BLANDEZINC. — Ah! te voilà, Pluchonneau?

PLUCHONNEAU. — Oui, mes amis, oui. Je vous demande bien pardon de vous avoir fait attendre. Mais comme j'étais à jouer aux barres, voilà que j'ai aperçu maman et ma sœur qui m'ont fait signe de venir..... et...

CRAPOUILLOT, *d'un air majestueux.* — Et?...

PLUCHONNEAU. — Je suis resté avec elles.

GIBOULOT. — C'est une excuse.

BLANDEZINC. — Certainement.

CRAPOUILLOT. — Du tout, ce n'est pas une excuse! Sans doute la famille impose des devoirs; mais nous devons aussi satisfaire Némésis, Messieurs. Némésis, néanmoins, te pardonne, Pluchonneau. Tu as à te plaindre de cet infâme pion?

PLUCHONNEAU. — Oh voui!

BLANDEZINC. — Et tu veux te venger?

GIBOULOT. — A mort?

PLUCHONNEAU. — Voui!

CRAPOUILLOT. — Eh bien, à partir de ce jour, Pluchonneau... tu es des nôtres... A bas les pions! As-tu été quelquefois au spectacle, Pluchonneau?

PLUCHONNEAU. — Jamais! m'man dit comme

ça qu'elle m'y mènera, et elle ne m'y mène jamais, m'man!

CRAPOUILLOT. — Ça ne fait rien. Apprends donc qu'à la comédie, il y a des gens, quand ils ragent contre quelqu'un, qui s'engagent sur l'honneur à s'associer pour lui jouer de mauvais tours. Jures-tu, Pluchonneau, de nous seconder courageusement dans nos entreprises contre le pion épouvantable qui rappelle les jours les plus terribles de l'inquisition en fouillant dans nos pupitres?

PLUCHONNEAU. — J' veux bien, moi; mais faudrait tâcher de n'être pas collé.

CRAPOUILLOT, *avec un geste méprisant.* — Crapaud!

BLANDEZINC. — Alors, jurons!

TOUS. — Jurons!

CRAPOUILLOT. — Je jure, moi, César Crapouillot, de servir mes amis et camarades dans la sainte guerre qu'ils vont commencer contre notre pion. Si j'hésite, dénoncez-moi... Si je recule, tuez-moi... Jurez, vous autres.

TOUS. — Nous jurons!

SCÈNE III

LES MÊMES, LE PION

LE PION. — Allons, Messieurs, remettez vos

habits. On part. J'espère que tous les quatre, au quartier, vous vous souviendrez que j'ai fait grâce des pensums.

CRAPOUILLOT. — Tiens, c'est Topinard et Blandin qui l'ont demandé au maître de pension, parce qu'ils ont été trois fois de suite le premier et le second.

LE PION. — Qu'est-ce que cela fait, ça, monsieur Crapouillot?

CRAPOUILLOT. — Tiens, ça fait que c'est pas vous qui avez effacé les pensums. Vous êtes trop chien!

LE PION. — Vous dites?

CRAPOUILLOT. — Vous êtes trop chien!

LE PION. — Cinq cents vers, monsieur Crapouillot.

CRAPOUILLOT. — C'est dégoûtant!

(Le pion disparaît pour aller en tête de la colonne qui commence à se mettre en marche.)

SCÈNE IV

LES MÊMES, EXCEPTÉ LE PION

CRAPOUILLOT. — Ah! c'est comme ça! Eh bien, tu verras!... Gredin! oui, t'es un chien! Certainement, et un chien enragé encore!... Pourquoi donc qu'on les laisse sortir dans les grandes chaleurs, les pions? Faudrait les museler. Ah! tu me le payeras.

SCÈNE V

(La pension est en route..... On est sur les quais.)

Une voix. — D'z hannetons, d'z hannetons pour un yard!...

Crapouillot. — Mes amis, mes amis, voilà notre vengeance!

Blandezinc. — Des hannetons, c'est ça!

Giboulot. — Où est-il le marchand?

La voix. — D'z hannetons, d'z hannetons pour un yard!

Blandezinc. — Cré nom, il est là bas.

Crapouillot. — Ça ne fait rien? — Qu'est-ce qui a de l'argent? toi?

Giboulot. — Pas moi... j'ai acheté des groseilles à maquereau. Ah! voilà deux sous. Et toi, Blandezinc.

Blandezinc. — Pas une bille. Toi, Pluchonneau?

Pluchonneau. — Moi, m'man m'a donné dix sous...

Crapouillot. — Dix sous, c'est la Banque de France; nous en aurons au moins trois cents. Donne les dix sous.

PLUCHONNEAU. — Mais... c'est pour acheter du papier.

CRAPOUILLOT. — Du papier!... En voilà un aristo! Donne...

(Crapouillot va trouver le pion, lève la main en disant : M'sieur! — C'est un geste que tous les collégiens comprendront. — Le pion lui permet.)

SCÈNE DERNIÈRE

CRAPOUILLOT, LE MARCHAND DE HANNETONS

CRAPOUILLOT. — Vite! vite! vite!

LE MARCHAND. — Voilà; pour combien?...

CRAPOUILLOT. — Pour douze sous!

LE MARCHAND. — Bigre! pourquoi faire?

CRAPOUILLOT *blanchissant.* — Comment, pourquoi faire?

LE MARCHAND. — C'te bêtise... Est-ce hannetons pour appartements, pour jardin, pour théâtre ou pour collége? Ceuze du théâtre, c'est plus cher, parce que ça fait beaucoup de bruit; ceuze du collége, c'est plus petit, j'en donne plusse.

CRAPOUILLOT. — C'est pour théâtre!

LE MARCHAND. — Ah! la bonne sarge! c'est ça qui embête mossieur Chilly dans les rôles de traître!..... J'en vends beaucoup pour

M. Chilly, des zhannetons... C'est-y pour M. Chilly?

CRAPOUILLOT. — Oui..... mais donnez donc vite!...

LE MARCHAND. — Voilà. — Prenez le sac... Sont-y empilés là dedans!... Ah! ce sera drôle... sera-t-y vexé, M. Chilly! sera-t-y vexé! J'irai le voir. C'est-y pour ce soir?

CRAPOUILLOT *se sauvant*. — Oh! ma vengeance!

LE MARCHAND. — Douze sous... en v'là une journée! J' m'aurais jamais douté qu'avec des zhannetons... on pouvait s'acheter des rentes... Mais va-t-il être vexé, M. Chilly!...

V'là d'z hannetons, d'z hannetons pour un yard! Tiens qu' j' suis bête! je crie encore...

Au fait, y en a encore un dans mon gousset de montre... V'là d'z hannetons, d'z hannetons pour un yard!...

Sera-t-y embêté... M. Chilly!... Sera-t-y embêté M. Chilly!...

(Le marchand de hannetons disparaît. — Crapouillot a rejoint ses amis. — Retour à la pension.)

ACTE DEUXIÈME

UNE PLUIE DE HANNETONS

DÉCOR : L'ÉTUDE

—

SCÈNE I

CRAPOUILLOT, BLANDEZINC, GIBOULOT

BRANDEZINC. — C'est pour ce soir à huit heures.

GIBOULOT. — Les miens sont superbes...

CRAPOUILLOT. — Et les miens donc !... ils sont d'un vif... Je leur ai fameusement marché sur la patte depuis hier... Et Pluchonneau ?...

GIBOULOT. — Pluchonneau a changé de quartier...

CRAPOUILLOT. — Ah ! tiens ! ah ! bath... C'est lui qui l'aura peut-être demandé. — On le mettra à la quarantaine.

BLANDEZINC. — Mais il a réclamé ses dix sous.

CRAPOUILLOT. — C'est un pas grand'chose... Je lui rendrai quand je serai majeur... avec les intérêts.

GIBOULOT. — Sais-tu ta leçon ?...

BLANDEZINC. — Plus souvent !...

CRAPOUILLOT. — Ah! ben! j' sais la mienne, moi... C'est sur les sept plaies de l'Égypte... la cinquième c'est les hannetons!

GIBOULOT. — Silence!

SCÈNE II

LES MÊMES, LE PION

LE PION. — Monsieur Crapouillot, savez-vous votre leçon?

CRAPOUILLOT. — Certainement que je la sais...

LE PION. — Soyez donc plus poli.

CRAPOUILLOT. — Je ne suis pas malhonnête, moi...

LE PION. — Allons, arrivez...

(Crapouillot vient se placer au-dessous de la chaire. Suivant sa louable habitude, il déchire précipitamment une feuille d'un livre qui était dans son pupitre et la colle à la cathédrale du pion.)

SCÈNE III

BLANDEZINC. — Dis donc, Giboulot, voilà le moment.

GIBOULOT. — Oui, pendant que Crapouillot récitera.

(Blandezinc et Giboulot fourrent le nez dans leur pupitre.)

SCÈNE IV

LE PION, CRAPOUILLOT

Le Pion. — Y êtes-vous?... le deuxième livre de Virgile.

Crapouillot *à part.* — Je ne sais que le commencement. (*Haut.*) Oui, m'sieu.

Le Pion. — Commencez.

Crapouillot. — *Conticuere omnes intentique ora tenebant — Inde toro... toro... toro... pater Æneas sic orsus ab alto — Infandum... d'homme... d'homme... regina... regina... jubes renovare dolorem — Trojanas ut opes et lamentabile... bile... bile... regnum... num... num... — Eruerint labyrinthe Danai quæque cuique ipse... psit... miserrima... rima...*

Le Pion. — *Vidi !*

Crapouillot. — *Vidi! vidi! Et quorum, rhum rhum! pars pars parce que!...*

Le Pion. — C'est bien, vous savez... Crapouillot... vous n'allez pas mal pour le latin. Voyons le français... les *Pensées de la Bruyère...*

Crapouillot *à part.* — Cré nom!... je ne connais pas le premier mot.

Le Pion. Commencez.

SCÈNE V

BLANDEZINC. — Une, deux... une, deusse... trois... le voilà parti !

GIBOULOT. — Hanneton, vole ! vole ! Voilà le mien qui part...

CRAPOUILLOT *à part, regardant autour de la chaire les hannetons qu'il a jetés.* — Ils vont partir.

SCÈNE VI

LE PION. — Allez.

CRAPOUILLOT *lisant la feuille qu'il a collée sur la chaire.* Examiner une à une les actions de quelqu'un mne... mne... mne... mne... c'est... c'est... c'est épiler sa vie.

LE PION *feuilletant le livre.* — Tiens, je ne vois pas cela !... c'est assez drôle pourtant... Quel homme que ce la Bruyère !... continuez.

CRAPOUILLOT. — Si... si... l'or... donnance qui... qui... qui...

(A ce moment, un bourdonnement se fait entendre, suivi d'un autre bourdonnement ; ce sont les deux hannetons de Giboulot et de Blandezinc qui prennent leur volée.)

CRAPOUILLOT. — ... Défend les cornets à piston...

LE PION *relevant la tête.* — Que signifie ?...

CRAPOUILLOT. — ... Piston... piston... piston... aux marchands de robinets... pouvait... pouvait... pouvait...

(Troisième bourdonnement, quatrième bourdonnement.)

LE PION. — Ah ça, qu'est-ce que vous me chantez là ?

(Un hanneton tombe sur le nez du pion.)

LE PION. — Continuez...

CRAPOUILLOT *continuant*.—... S'étendre aux tapoteuses de piano, mes voisines, je tiendrais davantage à mes trois ans de domicile.

LE PION *bondissant*. — Mais ce sont les *Pensées d'un emballeur !...*

CRAPOUILLOT. — J' sais pas, moi.

(Un autre hanneton tombe sur le nez du pion.)

LE PION. — Petit misérable !

(Cinquième, sixième, dixième bourdonnement.)

BLANDEZINC. — Ça va, Giboulot, il ne m'en reste que cinq !

GIBOULOT. — Et à moi six, Blandezinc !

(Symphonie, ou plutôt cacaphonie de hannetons; les verres de quinquets en sont surchargés. Pluie complète de hannetons, qui retombe sur le pion.)

LE PION. — Ah ! par exemple !... qu'est-ce qui... ça ne peut être que vous, Crapouillot !

CRAPOUILLOT. — Moi, m'sieur!... Pourquoi donc ça?

(Nuée de hannetons, qui semblent tous se donner rendez-vous comme les hirondelles; le nez du pion est pour ces insectes la galerie d'Orléans des provinciaux; ils viennent y affluer : l'olfactif du malheureux est cramoisi.)

LE PION. — Qu'est-ce qui a fait ça?

(Silence complet. Chœur de hannetons.)

LE PION. — En retenue tout le monde!... retournez à votre place, Crapouillot!... Une fois, deux fois, trois fois... on ne veut pas désigner le coupable?...

(Chœur de hannetons.)

LE PION. — Tout le monde privé de sortie dimanche!

(La cloche sonne, le tambour bat, on va souper. Crapouillot, Giboulot, Blandezinc triomphent. Le pion, qui était assez aimé des autres élèves, est exécré depuis une heure. Ce drame intime aura son dénoûment à la faveur des ombres de la nuit.)

INTERMÈDE

Au collége ou dans les pensions, le souper a lieu ordinairement à huit heures et demie.

Après le souper, le coucher.

Un plat de viande, un plat de légumes composent ce frugal repas.

Pendant le festin, le silence le plus religieux doit être observé.

Mais quand une commandite gredine comme celle de Crapouillot, Blandezinc et Cie est organisée, elle trouverait le moyen d'ourdir les plus noirs complots dans les cellules de Mazas.

Crapouillot avait son plan.

Le drame était charpenté vigoureusement.

Après le premier service (!!!), Crapouillot, qui voit tous ses camarades horriblement mal disposés pour le pion, communique à son voisin de droite un chiffon de papier sur lequel il a écrit :

« MINUIT... BOUSIN... OMELETTE... FAITES PASSER. »

C'est-à-dire : MANÉ, THÉCEL, PHARÈS.

Le papier circule, l'orage est dans l'air.

L'OMELETTE

3e ACTE DE LA CONJURATION DE CRAPOUILLOT

SCÈNE Ire ET UNIQUE

(Tout le monde au théâtre. — Le théâtre c'est le dortoir.)

Les bonnets de coton feignent de ronfler

sur toute la ligne. Crapouillot se lève et va voir sur la pointe des pieds si le pion dort. L'innocent souffre-douleur est plongé dans le plus profond sommeil.

L'infortuné rêve : il voit en songe peut-être un avenir heureux.

CRAPOUILLOT. — Blandezinc ! dors-tu ?

BLANDEZINC. — Jamais, jamais ! Ni Giboulot non plus.

CRAPOUILLOT. — Réveillez les autres.

En un instant tout le monde est sur pied.

CRAPOUILLOT. — Messieurs, nous allons procéder à l'assaisonnement de l'omelette.

L'OMELETTE ! savez-vous ce que c'est que l'omelette ! Je vais vous l'apprendre.

L'omelette universitaire est un supplice en usage dans les pensions et colléges, comme le saut de la couverture à Saint-Cyr et la drogue au régiment.

Un patient étant donné, et ce patient étant occupé innocemment à dormir, il s'agit de saisir fortement aux quatre coins le matelas sur lequel repose le martyr désigné. Quand le matelas est solidement tenu, on le retourne sens dessus dessous avec le supplicié, qui se trouve ainsi brusquement, violemment, brutalement retourné comme une omelette dans une poêle à frire, et du dos est couché sur le ventre.

Crapouillot. — Une !

Blandezinc. — Deuss !

Giboulot. — Trois !

Et le pauvre pion est retourné !

Crapouillot. — L'omelette a réussi ! Du silence et en place pour le ronflement !

Chacun gagne son lit et ronfle avec le bruit d'un moulin à vent.

Mais le pion s'est réveillé.

Il croit d'abord à un cauchemar, à un affreux cauchemar. Bientôt la vérité lui apparaît dans toute son horreur... Il se démène comme un poisson dans du vitriol, secoue, malgré la respiration qui commence à lui manquer, les monceaux de matelas, de traversins, d'oreillers, d'habits qui le couvrent.

Enfin, il revient à la vie ! ouf !

D'abord il promène un air hébété sur tous les lits qui l'environnent.

Rien ! rien ! rien !

Que faire ! — Mais tout à coup les rires s'échappent de toutes les poitrines des affreux gamins qui ont procédé à son étouffement.

La colère du chrétien livré aux bêtes n'a plus de bornes.

Il se lève sur son séant.

—Vous êtes tous des misérables. Vous serez en retenue pendant un mois.

— Bousin ! répond une voix.

A cette voix répondent cent voix, qui chantent, qui crient.

Les quinquets, dont la lueur problématique éclairait encore timidement cette scène de désordre, s'éteignent.

Le pion veut gagner la porte.

Cinquante traversins, cent morceaux de pain durci volent dans le dortoir. C'est un sabbat impossible à décrire.

Les voisins des rues adjacentes mettent le nez aux fenêtres et crient à la garde.

Le maître de pension ou le proviseur monte au dortoir.

Le pion, pâle et tremblant encore, raconte d'un air ahuri son horrible aventure.

Demain il fera jour, dit le Jupiter scolastique.

DÉNOUEMENT

Le lendemain il fait jour... Des explications ont lieu. De ces explications il résulte que le pion est abominé par tous.

Le maître de pension est obligé de se rendre à l'évidence.

Le pion a huit jours pour chercher une autre condition.

Pendant ce temps, c'est inutile à dire, l'infortuné jouit du mépris général... Le découragement s'empare de lui. Que lui importent les devoirs, les leçons, les pensums?... Le triomphe des Crapouillot est complet. — Ces huit jours valent huit jours de congé.

Juif-Errant, reprends ton bâton, Crapouillot, l'ange de la mort, te crie : Marche! marche ! marche !

As-tu seulement cinq sous, mon pauvre vieux !

L'ANE ROUGE

Le dimanche qui suivit cette bacchanale nocturne, on lisait dans le premier-Paris de l'*Ane rouge*, journal dévoué aux intérêts de la démocratie universitaire :

« Camarades ! un pouvoir ennemi de toutes les libertés a cessé d'exister.

« Le pion qui nous rendait la vie si dure a été chassé.

« Grâce à votre dévouement énergique, grâce à votre audacieux concours, nous avons brisé nos chaînes.

« Mais on attend un autre pion.

« Ne l'acceptons qu'après un mûr examen.

« Plus d'une fois déjà nous avons été trompés.

« Défiance ! défiance ! »

L'*Ane rouge* est un journal qui paraît une fois par semaine dans les colléges ou pensions. Il est rédigé par les fortes têtes de l'endroit, les têtes appelées un jour à la littérature.

L'*Ane rouge*, ou la *Guêpe*, ou le *Frelon*, ou le *Scorpion*, ou la *Vipère*, — le titre ne fait rien à la chose, — se compose d'un premier-Paris comme ci-dessus. Cette tartine politique appelle constamment aux armes. Heureusement elle n'est pas dangereuse.

Après les premiers-Paris, les entre-filets tels que :

« On a remarqué depuis quelque temps une diminution sensible dans les portions de haricots du vendredi. Notre cœur d'honnête homme nous fait repousser toute idée malveillante; mais notre devoir de journaliste nous ordonne de provoquer une enquête. »

Ou bien :

« Hier il n'était bruit, pendant le trajet qui conduit de la pension au collége, que de l'héritage soi-disant recueilli par madame Marchand la portière. Cette brave femme, en apprenant qu'elle allait être à la tête d'une petite fortune, aurait manifesté l'intention de remettre à tous nos amis les créances qu'ils ont contractées chez elle. Nos lecteurs comprendront que nous livrons cette importante nouvelle sous toutes réserves. »

Après les entre-filets viennent les faits-Paris, dont échantillon :

« César Crapouillot s'est distingué dans la fête qui a été offerte au dernier pion. Le ministre de l'intérieur serait, dit-on, sur le point de lui conférer le grand cordon de l'omelette. »

Le *Frelon*, venant de Charlemagne, en date du 14 janvier, annonce qu'une épidémie s'est déclarée dans les institutions du faubourg Saint-Antoine à la suite des étrennes. Les médecins lui ont donné le nom de *chocolera*. »

« Un élève de la pension Badouillard s'est vu insulter de la façon la plus violente par un créancier qui lui a réclamé, sur le boulevard Montmartre, le montant d'une note de fournitures faites par lui. Ce jeune homme se serait, dit-on, livré l'année dernière à de folles dépenses et serait resté débiteur d'un bocal de cerises à l'eau-de-vie. Quoi qu'il en soit, la querelle allait prendre une tournure fort inquiétante pour notre collègue, lorsque M. X..., artiste dramatique, n'écoutant que son cœur, a mis généreusement sa bourse à la disposition du badouillardiste, — et a payé, sans hésiter, une somme de trois francs cinquante. Honneur à M. X..., ce n'est pas la première fois qu'il se signale par de pareils traits de générosité. La foule qui s'était réunie autour des intéressés, tout en louant le beau trait de M. X..., avait pour le créancier des paroles de colère et d'indignation. »

Aux faits-Paris succède le feuilleton théâtral.

CIRQUE. — Ce théâtre donne en ce moment une pièce féerie, qui surpasse tout ce qu'on a vu jusqu'à ce jour. Un bataillon de femmes manœuvre à ravir dans un ballet très-gracieux.

VAUDEVILLE. — Mademoiselle Cico est en faveur auprès du public. Nous comprenons le succès de ce théâtre, qui a pour actrices mademoiselle Cécile, si gentille, si affriolante ; mademoiselle Saint-Marc, si futée, si mignonne ; mademoiselle Caroline Bader, si boulotte, si drôlichonne ; mademoiselle Corinne, si distinguée, si spirituelle, et dix autres.

BULLETIN DE LA BOURSE. — La Bourse a encore éprouvé aujourd'hui un violent mouvement de hausse, mais les billes d'agate ont monté avec plus de vivacité que les billes de stuc; et quelques spéculateurs, qui trouvaient ces jours-ci que l'écart entre les deux espèces de billes était devenu trop faible et qui avaient essayé de vendre de l'agate pour racheter du stuc, ont été obligés de terminer leurs arbitrages avec des pertes considérables.

Quoique vivement préoccupée des billes, la spéculation a continué ses achats sur les toupies en buis et en frêne. Sans gnon, fin courant, avec gnon, ferme.

ANNONCES

Excellente occasion

A vendre, un dictionnaire de Nailly, qui n'a jamais servi. — On donnera des facilités pour le payement. — S'adresser baraque, 29.

Avez-vous besoin d'argent?

On désirerait acheter un jeu de cartes pour le lansquenet ou le baccarat. — Comptant.

Au bon schnick

Crapouillot le jeune, frère du fameux Crapouillot, tient eaux-de-vie et anisette et curaçao.

2 sous le petit verre.

Soyez discret.

400,000 fr. POUR 1 franc.	**LOTERIE** DES **LINGOTS D'OR**	**Lot principal.** 400,000 fr.

Le sieur Isidore Pinson, élève de quatrième au collége Louis-le-Grand, a l'honneur de prévenir MM. les collégiens qu'il vient de fonder une association pour la Loterie des Lingots d'or. Tout le monde ne possédant pas un franc, on recevra toutes les souscriptions à partir de dix centimes. — En cas de gain, les associés partageront le bénéfice dans la proportion de leur mise de fonds.

Le gérant responsable : Qui?

Imprimerie de Personne, rue N'importe-laquelle, n° 107.

L'Ane rouge est écrit à la main et ne se confie qu'aux gens les plus sûrs ; quelquefois *l'Ane rouge* est *collé* (pigé, pincé, confisqué), et alors il disparaît de la presse pendant deux ou trois mois, pour renaître bientôt plus méchant et plus tapageur.

Le vautour du journalisme déjeûnera pendant des éternités avec le flanc de la société.

L'Ane rouge ne publie pas de feuilletons. — Les élèves externes rapportent à leurs camarades les *Aventures de Mandrin*, les *Amours de Napoléon*, le *Manuel du farceur en société*, *Faublas*, *Paul de Kock complet*, *Maximilien Perrin* et *Auguste Ricard* !

Le collégien est amoureux fou de pièces de théâtre. Il dévore avec frénésie le répertoire de la Gaieté et de la Porte-Saint-Martin.

Je me rappelle une fois m'être fait *coller la Tour de Nesle* à la main. — Vous me la copierez trois fois, me dit mon très-spirituel professeur d'histoire.

La punition était vraiment trop dure.

Je ne me mis plus à lire depuis que des vaudevilles en un acte, — et je m'en trouvai bien.

Qu'on dise encore qu'on n'apprend rien au collége !

CORRESPONDANCE DU COLLÉGIEN

(MODÈLE INVARIABLE)

« Ma chère maman, mon bon petit papa,

« Je sui toujoure très malheureux dans la pancion ou tu m'a mis. On y comet baucoup d'injustisse et l'on n'apprand rien. La nouryture est movaise et le pain n'est pas tandre. Aussi tous les parans qui sont comme il faut reprennent ils leurs fils pour les maittre chez M. Badouillard ou l'on est mieux noury et on vous apprend les armes et l'équitation par dessus le marché. Je n'ai ete que le 45e dans ma composition sette foi, mais s'est dégoutant. Le petit chalumeau qui est plus rosse que moi a ete le 3e. On asurre que sa maman fait des cadox a tout les pions. A propos de pions, ma chaire maman et mon bon petit papa, vous sorez quil y a le notre, qui ma donné l'otre jour un pensum que je ne méritais pas. Alors moi..... je l'ai appele canaille... Cest poure sela que je ne sortirai pas dimenche. Mais ça ne me fait pas trop de paine, parce que j'espere que tu me changeras de pension ma maman.

« Je cesse de t'ecrir pour aller composer..... C'est en ortografe.

« Envoie moi de l'arjent et du beurre.

« Je t'ambrasse tous les deux.

« CÉSAR CRAPOUILLOT. »

AMOURS ET GUIRLANDES

Le collégien est généralement mal peigné.

Ses habits sont toujours trop longs ou trop courts.

Son habitude de ne pas distinguer le pied droit du gauche donne une forme invraisemblable à ses souliers.

Ses dents ont l'air d'une troupe de danseuses espagnoles qui exécutent des madrilénas fantastiques.

Tout cela ne l'empêche pas de tresser des guirlandes amoureuses près la lingère de la maison ou la fille du portier.

Quand une de ces deux domestiques lui a donné dans l'œil, le collégien ne se peigne pas, ne change pas ses souliers de pied, ne se fait pas ranger les dents pour cela.

— Que lui importent ces soins efféminés !

Il prend un air inspiré, — mange très-peu

au réfectoire (mais dévore en cachette) et ne parle plus à personne.

— Qu'as-tu donc ? demandent ses camarades au nouveau Lovelace.

— Moi ! rien...

Mais on l'accable de demandes, on l'inonde de points d'interrogation.

Lovelace répond enfin.

— J'AIME ! ! ! ! ! !

Dès lors Lovelace est sacré dans le cénacle qui l'entoure. — On l'admire, on le respecte.

— Est-elle jolie ?

— Charmante.

— Quel âge ?

— Je ne sais pas.

— Blonde ? brune ? une grisette ? une femme mariée ?

Et ci, et ça, et patati, patata...

Enfin un jour Lovelace a obtenu un rendez-vous de sa dulcinée.

— Monsieur Lovelace, lui dit la jeune fille, mon père le concierge s'est aperçu que vous me faisiez la cour.

— O ciel ! ! !

— Mais n'ayez pas peur,... je lui ai dit que c'était pour le bon motif... ça l'a calmé... Je crois qu'il consentirait à notre mariage.

— O bonheur ! ô ivresse ! ô folie !

Lovelace retourne ivre au quartier..... Il écrit à son correspondant.

« Monsieur,

« J'aime,... je suis aimé... Une jeune fille, un ange, une divinité partage la flamme que j'ai su lui inspirer... Je vous prie de vouloir bien m'envoyer tous les papiers nécessaires pour l'accomplissement de mon mariage avec elle.

« Recevez, Monsieur... »

Il attend huit jours la réponse.

Enfin, on le demande au parloir... c'est son correspondant... Non, c'est le proviseur, qui signifie à M. Lovelace qu'il sera au cachot huit jours, — pour apprendre à écrire des lettres d'amour.

La *porte* recevra d'autres hôtes. Les portiers sont chassés.

EN CACHOT

Mon Dieu, que je l'aime, cette femme!... chassée, Athénaïs,... parce que nous nous aimons,... c'est une infamie!... Mais je te retrouverai, mon ange!.... Où peux-tu être?

Encore sept jours... Mais la prison ne pourra rien sur mon amour... Faisons des vers...

Enfant, que mon amour a proclamé ma reine,
Songes-tu qu'ici-bas, en prison je gémis.
Oh ! mais de mes bourreaux je lasserai la haine
En me donnant la mort... Pauvre ange, tu frémis !
N'aie pas peur.

Dieu, que je m'embête !... Oh ! je la reverrai..... C'est dommage qu'elle n'ait pas de beaux cheveux... Je l'épouserai bon gré, mal gré..., etc.

Le huitième jour, Lovelace sort des infâmes cachots où la réaction l'a plongé... Il y a six jours qu'il ne pense plus à Athénaïs.

CHERS ÉLÈVES

La distribution des prix s'exerce en ce moment sur une grande échelle.

Il n'y a pas une rue de la capitale où l'on n'entende la *Marseillaise*, *Drinn, drinn* et *la polka des pantins*, exécutés en faveur des lauréats qui font l'orgueil de leur famille.

« *Dilectissimi discipuli !.....* » dit le grand maître de l'Université, à la Sorbonne.

« Jeunes élèves !... » disent les proviseurs.

« Chers élèves!... » disent les maîtres de pension.

« Mes enfants!... » disent les maîtres d'école.

« C'est pour avoir l'honneur de vous remercier de votre confiance..... Amours d'amours, faites vos paquets, et allez vous préparer à cueillir de nouvelles palmes l'année prochaine! Doux triomphes, lauriers désirables! Parmi vous, quelques-uns vont entrer dans le monde... Le monde!... mot magique et terrible à la fois!

« Qu'est-ce que le monde?

« Un hippodrome, dont il est très-difficile de faire le tour sans se casser le cou.

« Allez, *dilectissimi discipuli*, jeunes élèves, chers élèves, mes enfants, entrez dans ce manége!... nos vœux et nos souhaits sont pour vous! »

(Bravo! bravo! bravo! tonnerre d'applaudissements; la *Marseillaise* redouble : tableau animé. Quarante-cinq degrés de chaleur : éclosion des œufs de serpent au Sénégal.)

N...I... N...I...

N...i...n...i... c'est fini!

Topinard et Blandin, c'est-à-dire la raison Piocheur et Cie, ont subi leurs examens.

L'un se destine à l'enseignement.

L'autre sera avocat, celui-ci médecin, celui-là ingénieur.

Crapouillot, Blandezinc, la raison Flâneur et Cie, s'installent dans le Quartier-Latin, apprennent à jouer du cornet à piston... et deviennent ?

Tenez, — et je finis par un mot d'Ourliac, — ne les imitez pas ces Crapouillots de l'enfance, collégiens, mes aimés, vous seriez peut-être obligés un jour d'écrire... des petits livres comme celui-ci.

QUARTIER LATIN

ou

LES ÉTUDIANTS POUR RIRE

INVOCATION

Terre du bloc fumant et du carambolage audacieux, salut !

Patrie de la chope de Strasbourg et du verre d'absinthe combiné, salut !

Mère nourrice du monde entier ;

Serre chaude du travail et du génie ;

Théâtre des misères et des joies de la vie de jeune homme ;

Capitale de la République de l'intelligence;

Quartier Latin, je te salue !

Salve magna parens frugum (à l'eau-de-vie), Saturnia tellus
Magna virum.

(VIRGILE, *Géorgiques*, livre II.)

Salut ! salut ! salut !

Trois et quatre fois salut !!!

BACHELIER

Bachelier ! je suis bachelier, tu es bachelier, nous sommes tous bacheliers. C'est entendu, c'est convenu, c'est conclu.

Pour être étudiant, —il faut avoir été reçu bachelier.

Le baccalauréat est la conscription du jeune homme lettré. L'ambitieux qui convoite une position dans le monde doit avant tout conquérir le premier grade universitaire.

L'examen du baccalauréat a lieu ordinairement quelques jours après la sortie du collége.

Piocheurs et flâneurs se donnent rendez-vous à la Sorbonne, et là... *Sancto Marco del Girardino præsente*, en présence de M. Saint-Marc de Girardin, le steeple-chase commence.

Pour les réputations établies, telles que les prix d'honneur au concours général et les phénomènes de Charlemagne, de Louis-le-Grand, l'examen n'est qu'une question de forme.

Mais pour ceux que la première épreuve (une version latine) a signalés, la chose est des plus difficiles.

— Dites-nous, Monsieur, demande l'examinateur, quelles furent les considérations qui poussèrent Prusias II — ou IV — (car les hisoriens ne sont point précis) à faire la guerre contre Eumène II et Attale II ?

— A quelle heure fut publiée la *Pragmatique sanction?*

— Quelle influence Manuel Chrysoloras, Georges de Trébizonde, Jean Argyrophile et Démétrius Chalcondyle exercèrent-ils sur la littérature du moyen âge ?

Et encore ce sont les roses.

Voici la couronne d'épines. Un de mes amis l'a posée sur sa tête.

Le professeur de mathématiques, voyant que ce jeune homme (il était jeune alors) avait triomphalement franchi les obstacles, lui posa ce problème :

« Il y a une lieue de la Bastille à la barrière de l'Étoile. Les actions du Nord sont à 650. L'obélisque de Louqsor a 45 mètres. — On demande quel jour eut lieu la prise de la Bastille ?

Mon ami fut refusé.

Aujourd'hui il est riche, — et décoré.

Mais tout finit dans ce monde : les Crapouillots indécrottables s'adressent à des préparateurs de la rue des Maçons-Sorbonne, tels que les Delavigne, les Robin, les Lelarge, — qui s'engagent à les faire sacrer bacheliers au plus juste prix.

Au bout de deux mois les Crapouillots savent juste toutes les questions habituellement posées, et chacun

Dignus est intrare
In docto corpore.

Crapouillot est bachelier !

Tu quoque Crapouillot ! Toi aussi, mon vieux !

Bachelier !

Je suis bachelier ! tu es bachelier ! nous sommes tous bacheliers ! C'est entendu, c'est convenu, c'est conclu.

Air : *Larifla fla fla !*

Puisque j' suis bachelier,
J' vais joliment nocer,
Et puis plus tard après
J' serai nommé sous-préfet !
Larifla fla fla !
Larifla fla fla !
Larifla fla fla !

CONSEIL DE FAMILLE

— Il sera médecin !

— Il sera avocat !

— Je veux qu'il soit huissier !

— Huissier, y pensez-vous ? Quelle horreur l'abomination ! Madame Chamerlan, notre neveu ne fera jamais ce vilain état-là ! Agent de change, peut-être... Et encore !...

— Il sera médecin !

— Il sera avocat !

— Si ! — Non ! — Si ! — Non ! Non ! Non !

Ce sont des cris, des hurlements.

Le conseil de famille est sur le point de se dévorer.

Aristide Cabochard vient de terminer ses études.

Doué d'une imagination brillante, spirituel, assez joli garçon, Cabochard est l'espoir de Saint-Malo, que l'on voit sur l'eau.

Madame Chamerlan et mademoiselle Pincenez agitent l'avenir d'Aristide, qui doit illustrer un jour le pays qui l'a vu naître. La demoiselle Pincenez jouit de quatre mille livres de rente à peu près. Madame Chamerlan possède ce qu'on appelle une petite aisance.

Le père de Cabochard est mort pauvre. Jusqu'à présent ce sont les tantes de Cabochard qui ont pourvu à tous les besoins d'Aristide. Ce sont elles qui achèveront l'œuvre commencée.

Aristide n'a pas de vocation bien arrêtée. Enfermé jusqu'à dix-neuf ans dans un noir collége, il a de vagues aspirations vers la vie parisienne.

— Moi, je lui ferai quarante francs par mois, dit madame Chamerlan, et je payerai son loyer.

— Moi, je lui en donnerai soixante, et je règlerai le tailleur, réplique mademoiselle Clorinde Pincenez.

— Mais tout cela fait cent francs. C'est un assez joli denier. On doit très-bien vivre avec cette somme à Paris, quand on n'a ni loyer, ni tailleur. Allons, j'arrondirai la somme, — cent vingt francs. Mais il sera médecin.

— Il sera avocat !

— J'aperçois Aristide, nous allons le consulter.

— Aristide arrive.

— Aristide, dit madame Chamerlan d'une voix solennelle, tu sais combien j'aimais ta mère. Je lui ai promis de veiller sur toi... Il est probable que je ne me marierai jamais... Et il est bien plus que si jamais je me marie... jamais... Enfin, suffit ! je me comprends... Tu es bachelier, Aristide.

— Avec trois boules blanches au collége de Rennes, ma tante.

— Tu as un avenir magnifique devant toi. Ta tante du côté de ta mère, ma bonne amie

Clorinde, et moi, nous avons résolu de t'envoyer à Paris, afin que tu fasses tes études et que tu deviennes un grand garçon. Nous nous sommes saignés aux quatre membres pour te faire une pension qui te permette de vivre honorablement, — et de faire bonne figure. Mais nous n'avons pas encore pu tomber d'accord sur la carrière que tu allais embrasser... Que veux-tu faire ? Je te conseille d'être avocat.

— Ne donnez pas de conseil, ma sœur, réplique mademoiselle Clorinde. Il ferait mieux d'être médecin. Guérir et soulager son semblable, voilà une belle profession. Il sera médecin !

— Il sera avocat !

Médecin ! Avocat ! Médecin ! Avocat ! — Cabochard se consulte.

— Allons, décide-toi !

— Allons, parle !

Aristide ne répond rien. Il ne se sent entraîné ni vers la médecine, ni vers la magistrature.

Paris ! Paris ! voilà son rêve.

Il demande à réfléchir et s'en va. O Paris !

— Sois médecin, lui dit tout bas sa tante dans le jardin, je double ta pension.

— Oui, ma tante.

— Fais-toi avocat... je t'enverrai mille francs dans huit jours.

— Oui, ma tante.

Le lendemain malles et paquets sont prêts. Cabochard, avant de monter sur l'impériale de la diligence, embrasse ses tantes.

Première Tante. — Adieu, mon ami. (*Tout bas.*) Adieu, Chaix-d'Est-Ange.

Seconde Tante. — Adieu, mon ami. (*Tout bas.*) Adieu, Orfila.

EN VOYAGE (SUR L'IMPÉRIALE)

MONOLOGUE D'ARISTIDE CABOCHARD

Médecin !... avocat !... je te double ta pension ! Voilà le plus clair de la chose... Médecin ou avocat ! Ah ! bath ! nous verrons plus tard... Conducteur, dans combien de jours serons-nous à Paris ?

— Samedi, Monsieur.

— Ah !...

Et Aristide s'endort.

En rêve il voit Paris, le quartier Latin !

Oh ! l'éblouissante perspective ! l'étrange coup d'œil ! quel est ce jardin enchanteur ? Ces grenadiers, ces orangers, ces citronniers fleuris exhalent un parfum enivrant, c'est la Chaumière !

Cobochard a le frisson.

Vie et Amour ! deux cents francs par mois ! médecin ou avocat. — Je serai médecin *et* avocat ! ! !

Et la diligence roulait toujours.

A SAINT-MALO

LA TANTE CHAMERLAN. — Il sera avocat.

LA TANTE PINCENEZ. — Il sera médecin.

LA TANTE CHAMERLAN. — La Pincenez enragera.

LA TANTE PINCENEZ. — La Chamerlan en fera une maladie.

Cabochard touche la terre parisienne.

Il a passé le Pont-Neuf.

Cabochard est dans le quartier Latin.

Il s'écrie : Et moi aussi je suis étudiant !

L'HOTEL GARNI

L'étudiant qui arrive à Paris se préoccupe immédiatement du choix d'un hôtel.

Il y a hôtel et hôtel, comme il y a dragées

et pralines. Chambres à quinze, vingt, trente et quarante francs ! Dans les chambres à quinze demeurent les valeureux jeunes gens qui pâlissent nuit et jour sur les *Pandectes* et la chimie.

Futurs grands hommes qui manquent d'air et de feu !

A trente francs, le luxe commence. Une pendule orne la cheminée ; une bergère de velours d'Utrecht s'étale le long du mur.

Pour dix francs de plus un Sardanapale en expectative peut fouler un tapis douteux, et contempler le majestueux spectacle de deux candélabres attendant la bougie.

Partout, indistinctement, un lit, quatre chaises, une étagère en guise de bibliothèque.

Cabochard a la bourse bien garnie. Cabochard n'ira pas loger au n° 73 de l'hôtel Racine, où il est descendu.

Au quatrième, fi donc ! Une chambre à trente francs pour M. Aristide Cabochard !

L'ÉTUDIANT DE DIXIÈME ANNÉE

— Garçon ! garçon ! du punch et des cigares ?

— Voilà ! voilà ! Monsieur.

Ah ! ah ! il paraît qu'on s'amuse à côté, se

dit Cabochard en contemplant son nouveau palais.

Messieurs les étudiants,
Allez à la chaumière,
Pour y danser l' cancan
Et la robert-macaire.
Et youp, pioupioup, la la la !
Et youp, pioupioup, la la la !
Tra la la !

— Ah! garçon, fait Cabochard, ils sont bien gais mes voisins.

Ah oui, Monsieur, M. Crapouillot la mène douce.

— Il se nomme Crapouillot, mon voisin.

VOIX CHEZ CRAPOUILLOT.

Il est une vieille canaille
Qui d'meur' sur mon palier.

CABOCHARD.— Comment, voilà qu'on m'appelle canaille !

LE GARÇON. — Mais non, Monsieur, c'est une chanson d'étudiant. Écoutez!

AUTRE VOIX.

L'autr' jour sur l' pont des Arts,
Ce bon monsieur Musard
Disait au p'tit Musard!
T' as l'air d'un grand Musard.
Larifla fla fla!
Larifla fla fla!

MÊME VOIX (*en prose*). Garçon, du punch.

CRAPOUILLOT.

Le p'tit Musard répond :
Papa, tu n'es pas bon,
Car tu m'avais promis
Une prune à l'eau d' vie.

CHŒUR FORMIDABLE. — Du punch, garçon ! du punch !

LE GARÇON. — Voilà, Monsieur ! voilà ! Je suis en train d'installer un nouveau.

CRAPOUILLOT. — Un nouveau ! ah ! alors, respect à l'innocence ! Étudiant ?

LE GARÇON. — M. Crapouillot demande si vous êtes étudiant.

CABOCHARD (*timidement*). — O...u..i.

LE GARÇON. — Oui, Monsieur Crapouillot, un étudiant.

CRAPOUILLOT.

Alors dis lui, mon cher,
Qu'avant de se coucher
Il vienne ici licher
Du punch ou du madèr'.
Larifla fla fla !
Larifla fla fla !

— Entendez-vous, Monsieur, M. Crapouillot vous invite à passer la soirée chez lui.

— Mais je ne le connais pas.

— Qu'est-ce que ça fait, Monsieur, vous ferez connaissance. C'est un si bon enfant, M. Crapouillot. Voilà dix ans qu'il est dans le quartier.

— Dix ans ! ah, mon Dieu ! Et que fait-il donc ?

— Il ne fait rien, M. Crapouillot. Il paraît que sa famille a de quoi.

VOIX CRESCENDO. — Garçon ! garçon ?

— Allons, venez, Monsieur ; je vais vous présenter.

Cabochard hésite. Mais quelle bonne occasion pour lui de s'acclimater dans le quartier Latin ! Laissera-t-il perdre cette aubaine ? D'ailleurs il payera son écot.

Le garçon amène Aristide dans le *salon* de Crapouillot.

Dix ou douze jeunes gens sont réunis autour d'une table, au milieu de laquelle flamboie un punch aux changeantes couleurs.

Crapouillot a du monde.

Nourri dans le quartier Latin, il en connaît les détours.

Crapouillot tend la main à Cabochard.

Cabochard n'ose refuser la sienne.

Le punch circule, les cigares brûlent ; tout le monde est monté. Au troisième bol on est lié, au sixième on se tutoie ; à la fin de la soirée, Cabochard a embrassé Malvina !

MALVINA

Qu'elle est belle, cette jeune fille! pense Cabochard en rentrant au logis.

Elle m'a regardé avec des yeux !

Si elle est d'une bonne famille, je demanderai à ma tante Chamerlan la permission de l'épouser ! ! !

Malvina est une blonde créature, qui obtient chaque jeudi des triomphes chorégraphiques à la Chaumière.

Personne mieux qu'elle ne danse le pas de la *sole cruelle*.

On lui a donné le nom de *Pistolet*.

Cabochard, prends garde à ton cœur !

LES RESTAURANTS DU DÉSESPOIR

Le lendemain, Cabochard s'éveille à moitié malade.

Il a trop bu la veille.

— J'espère bien, lui dit Crapouillot en entrant, que tu ne travailleras pas aujourd'hui ?

— Mais...

— Allons donc !... nous déjeunerons ensemble.

O profondeurs de la cuisine parisienne! ô mystères du ragoût à bon marché! ô poëme du bifteck généreux!

Le quartier Latin n'est qu'une vaste gargotte.

Vous ne ferez pas dix pas dans les rues Dauphine, la Harpe et Saint-Jacques, qui sont les grandes artères de cette contrée, sans rencontrer un restaurant avec cette enseigne :

DINERS A 22 SOUS.

UN POTAGE, TROIS PLATS, UN DESSERT, UN CARAFON DE VIN, PAIN A DISCRÉTION.

ON PREND DES PENSIONNAIRES.

Le dîner à 22 sous est l'ordinaire de l'étudiant; qu'il soit pauvre, qu'il soit riche.

Il y a des réputations culinaires, parmi ces établissements, qui ne sont cependant point tous à prix fixe.

Le plus illustre entre tous est l'illustre Flicoteaux.

Flicoteaux a défrayé, pendant dix ans, les petits journaux et les petits vaudevilles.

Aujourd'hui Flicoteaux n'existe plus.

Dieu veuille avoir son âme; et que ses biftecks aux pommes lui servent de linceul!

Trois noms ont traversé les orages révolutionnaires :

VIOT, — DESFORGES, — JANODET.

Chez ces estimables entrepreneurs de gourmandises, le prix des plats est plus que modeste. Avec treize sous, on peut déjeuner; avec seize, dîner.

Pain à discrétion! — A discrétion veut dire, vous comprenez bien, à indiscrétion.

Combien j'en ai mangé du pain de ta boutique, cher Vatel de la rue de la Harpe!

Puisse cet hommage, que je rends à tes munificences, te servir de réclames et contribuer à ta fortune!

J'ai la reconnaissance du pain tendre.

Il serait injuste, néanmoins, d'oublier, dans cette nomenclature de la gastronomie latine, les noms de Pinson et Dagneaux.

Le café Anglais et la Maison-d'Or du pays!

Pinson et Dagneaux voient les étudiants heureux, joyeux et amoureux se faufiler dans leurs cabinets particuliers avec des Malvinas de l'autre rive, quand il prend fantaisie à ces hirondelles de l'amour de revoir le premier nid qui les a abritées.

Le perdreau truffé et la pomme Condé payent alors les pots cassés de la nostalgie.

Depuis quelques années, les rôtisseurs sont venus établir une concurrence aux fermiers du filet de chevreuil à six sous.

Le poulet, la dinde et l'oie — finiront par triompher des vol-au-vent impossibles et des civets invraisemblables, — mais alors, vous et moi, nous ne serons plus...

Le temps détruit difficilement ce qu'il s'est amusé à construire.

Viot vivra, et son nom se perdra dans la nuit des siècles à venir.

Quand bien même on raserait sa maison, quand bien même on sèmerait du sel sur ses décombres, les étudiants, ceux d'autrefois, ceux d'aujourd'hui, ceux de demain, ne mangeront jamais devant cette boutique à treize sans tressaillir.

En ce moment même, — au souvenir des orgies passées de ma jeunesse chez ce Véfour au rabais, — j'ai des frissons.

Je vais boire du thé.

LA PREMIÈRE PIPE

Crapouillot était devenu l'inséparable de Cabochard.

Vous connaissez Crapouillot. Au collége vous l'avez vu flâneur, paresseux ; vous le retrouvez étudiant de dixième année.

L'étudiant de dixième année étudiera toute sa vie.

Après s'être livré au culte approfondi du jeu de piquet, du doublé et du cornet à piston, il se retire et disparaît.

Il est né on ne sait où... Il meurt on ne sait comment.

Crapouillot, comme les carabins des temps passés, porte un béret basque, un pantalon à carreaux rouges, une cravate écossaise et une barbe de spadassin.

De plus, Crapouillot est resté fidèle à la pipe.

La pipe de l'étudiant de dixième année, c'est sa maîtresse, c'est sa patrie.

Aussi Crapouillot exige que Cabochard fume la pipe.

Vainement Cabochard demande du répit, il faut s'exécuter.

La première pipe date dans la vie de l'étudiant. C'est une fête... qui se termine mal, un beau jour troublé par un orage.

Mais Cabochard ne pouvait refuser la pipe à l'amitié.

Le chérubin de la Chamerlan alluma donc une vieille bouffarde, que lui offrit Artaxerce Crapouillot.

Et, chemin fumant, Cabochard se disait : « La belle vie que la vie d'étudiant ! »

Mais il avait déjà bien mal à la tête.

Ah! la première pipe!... Je ne comprends pas comment on peut fumer la seconde.

LA PREMIÈRE INSCRIPTION DE CABOCHARD

« Ma bonne tante Chamerlan,

« Si j'ai tardé à t'écrire, ne vas pas croire qu'il y ait eu la moindre négligence de ma part; mais je suis tellement occupé que je ne sais où donner de la tête : je travaille nuit et jour. En arrivant à Paris, j'ai fait la connaissance d'un jeune homme très-distingué, qui m'a, comme on dit dans le monde, piloté. Sans lui je ne sais pas trop comment j'aurais fait dans Paris, où je ne connaissais personne. Figure-toi, ma bonne tante, que je me suis décidé pour le droit. C'est une belle carrière.

« J'ai pris l'autre jour ma première inscription. Tu vois que je n'ai pas perdu de temps, puisque voilà un mois et demi tout au plus que je suis installé; mais cela coûte horriblement cher... Je n'ai plus un sou de l'argent que tu m'as envoyé, et voilà qu'il m'arrive une affaire bien ennuyeuse. Crapouillot (c'est mon ami), qui m'a rendu les plus grands services, hier est venu me prier de lui prêter deux cents francs.

« Tu comprends que je n'ai pas osé lui refuser,... mais je ne sais comment faire. — Je demanderais bien cette petite somme à ma tante Pincenez, mais comme sa marotte était de me voir entreprendre la médecine, j'aurais peur qu'elle ne me fît des reproches pour n'avoir pas suivi ses conseils.

« Je fais donc appel à ta bourse, ma chère tante Chamerlan, et j'espère que tu seras assez bonne pour ne pas me faire attendre trop longtemps.

« Ne dis pas à la tante Pincenez que je t'ai écrit.

« CABOCHARD. »

Crapouillot lit la lettre, — enlève un ou deux mots, ajoute trois lignes, et... vogue la galère !

Les dépenses de Cabochard l'ont mis à sec. Crapouillot lui a ouvert l'horizon de la carotte.

D'abord Cabochard a reculé devant cette ressource, — mais les besoins sont venus avec les plaisirs, qui se succèdent d'heure en heure, et le légume a été tiré de longueur.

A SAINT-MALO

LA TANTE CHAMERLAN. — Avocat ! Il sera avocat! Deux cents francs! Mais c'est que je ne les ai pas... Ah! je suis bête, je vais dire à M. Grataloup, mon homme d'affaires, de me faire vendre une petite inscription de rente à Paris. Il aura ses deux cents francs! Avocat! il sera avocat! Oh! je ferai un procès à quelqu'un dans le pays pour qu'il plaide ma cause. Avocat! Il sera avocat!

LA CHAUMIÈRE

Qui de vous, qui de nous n'a jamais regretté le temps de la Chaumière?

La Chaumière est le Versailles de l'étudiant. Dans ce séjour des ris et des amours l'étudiant est maître et souverain.

« L'État, c'est moi! » dit-il, comme feu Louis XIV.

La Chaumière est un bal champêtre...

— « Hein? Plaît-il? Ah çà! nous prenez-vous pour des Hurons ou des Pandours? »

Asile de la gaieté, temple de la bonne humeur, la Chaumière jouit d'une réputation universelle et justement méritée.

On y entre, on y entrait,... car voilà cinq ou six années, hélas! que je n'en ai parcouru les joyeuses allées, — par un petit chemin bordé d'orangers.

Au bout de cette route est la salle de bal. C'est là que les gloires de la chorégraphie moderne ont vu le jour... Quand je dis le jour!

Des jolies filles, au regard de feu, à la taille ondoyante, au pied mignon viennent s'ébaître et folâtrer au son d'un orchestre entraînant.

La Chaumière est le marchepied de Mabille.

Tout vit dans ce paradis du cancan.

Tout est souvenir. Les drames du cœur et les tragédies de l'imagination y conservent leurs archives éternelles.

Chaque grain de sable pourrait en s'animant redire un amour commencé, une passion vivante. Chaque feuillage pourrait chanter une histoire et triste et charmante à la fois.

On a bien raison de dire : « La Chaumière et son cœur! »

Avec une glace vanille et citron, une polka mazurk et des cigares à cinq, il serait bien maladroit celui qui échouerait dans une affaire de sentiment.

Où vont-elles ces almées du dimanche, du lundi et du jeudi?

Que deviennent-elles?

Ce qu'elles deviennent, monsieur?

Demandez à M**, devenue la comtesse de ***.

Répondez, soubrette du boulevard, Clara,

chansonnée par un poëte qui s'est appelé la Fontaine!

Réponds aussi, Céleste Cerrito des Panoramas!

La Chaumière porte bonheur.

Mabille ne produit que des fruits secs.

On ne cite pas une seule mère de famille bien posée dans le monde de la politique, des arts ou des finances, qui soit partie des bosquets de Mabille.

Cabochard est un des habitués les plus fervents de la pagode dansante.

Il est même le léopard de l'endroit!

On se l'arrache!

Malvina est furieuse, et le menace d'avoir des nerfs devant tout le monde.

« Si tu as tes nerfs, ma biche, répond Cabochard, je m'éclipse. »

Malvina, pourquoi le dire! est l'*amie* de Cabochard.

Et Crapouillot?

Crapouillot a lâché, un jour, à son élève, le fameux : « Je vais faire une course en cabriolet, je te confie ma pipe et ma femme : aie bien soin de ma pipe! »

Cabochard a trahi la confiance de Crapouillot : il a cassé la pipe, il n'a pas rendu Malvina.

Cabochard, tu deviens canaille !

La Chaumière est le dernier établissement public où les Montagnes russes aient résisté à l'innovation des excentricités à tout propos.

Moyennant une modeste rétribution de vingt-cinq centimes, tous les Cabochards de la terre peuvent procurer aux Malvinas de la rive gauche le plaisir d'une descente rapide et presque aérienne.

Aussi les Montagnes russes font-elles fortune !

Si la Chaumière a une physionomie particulière, une espèce de raison d'être, elle doit ces avantages à son propriétaire, M. La Hire.

Doué d'un visage bonhomme, gras comme pas mal de moines réunis, bâti comme un régiment d'Arpins, le père La Hire est le maître Jacques de son établissement.

Tour à tour contrôleur, inspecteur chorégraphique, garde républicain, sergent de ville, ce Protée revêt toutes les formes, endosse tous les habits.

Le père La Hire est très-exigeant sur le chapitre des mœurs.

Avec lui, les fioritures du cancan, les roulades du cavalier seul sont interdites.

Une seule fois, la reine Pomaré, qui s'était

faufilée à la Chaumière, essaya le grand air de la Tulipe-Orageuse.

Son succès était complet : le droit, la médecine, la pharmacie, l'algèbre et toutes les facultés réunies étaient en silence autour d'elle rangées; on applaudissait à tout rompre.

Oh! bravo Pomaré!... bravo par-ci!... bravo par-là! bravo partout!...

L'infortunée rêve un triomphe plus éclatant; Duprez de la danse, la ténorina entonne le grand air : elle essaye le fameux *ut*... du coup de pied.

« *Suivez-moi!*...

— Oui, Mademoiselle, suivez-moi!... répond une voix de basse-taille sans emploi.

— Mais, monsieur... »

Quand le père La Hire a dit à quelqu'un *suivez-moi!*... ce quelqu'un ne doit pas songer à apporter la moindre résistance.

Pomaré coucha au violon.

Le père La Hire foudroie l'insurrection; il bombarde la révolte, il rase les fortifications de la mutinerie.

Une... deusse... troisse... enlevé, c'est pesé!

Chose incroyable!... sur cette terre de la liberté, jamais un complot ne s'est ourdi contre le père La Hire!

« Faut du cancan, pas trop n'en faut! »

telle est la devise de cet estimable patriarche.

Le père La Hire a vingt mille livres de rente, qu'il a amassées péniblement à la sueur de ses poignets... et dans le commerce des vins.

Si le dieu de la Chaumière est féroce à l'endroit des mœurs, en revanche, c'est un bon gros bonhomme qui a ses moments d'épanchements, ses instants de familiarités.

Cæsarem, cancanituri te saluant!

« Eh bien! mon pauvre Rougier, dit-il à un de ses jeunes habitués, nous avons donc été refusé, ce matin?

— Oui, monsieur La Hire.

— Je vous l'avais bien prédit; vous êtes toujours fourré ici!... vous ne ferez jamais rien, mon cher. »

Comme on voit, le père La Hire ne pousse pas à la consommation.

« Eh bien (c'est son mot)! demande-t-il à un autre, a-t-elle envoyé de l'argent, cette bonne maman?

Deux cents francs, monsieur La Hire.

— Ah!... et il vous reste?

— Douze francs pour du punch... peut-on vous en offrir un verre?

— Jamais! »

O Caton!

Le père La Hire est très-aimé, très-respecté dans le quartier.

Il est une des individualités de ce coin de Paris.

La Chaumière offre l'hospitalité aux étudiants jusqu'à la fin de septembre.

Le soleil a fait emplette, chez Lebigre, d'un paletot en caoutchouc : *Il pleut, il pleut, il pleut, Maria !*

« Achète des socques, ma fille, et prépare ton tartan gris. »

Quand la Chaumière est morte, vive le Prado.

> Viv' le Prado !
> Eldorado
> Où les amours
> Durent deux jours.

Le Prado est une Chaumière d'hiver où manque le père La Hire.

Le père La Hire du Prado, c'est le père Bullier.

Le père Bullier crie à ses habitués : « Ah çà, mes enfants, amusez-vous, trémoussez-vous et régalez-vous, nous ne sommes pas à la Chaumière ! »

Le père La Hire hurle aux siens : « De la tenue et de la décence, on s'imaginerait que vous êtes au Prado ! »

Cordiale entente, touchante sympathie!

La Chaumière en été, le Prado en hiver, sont les deux salons où les étudiants vont s'initier aux usages du monde.

Roi à la Chaumière, empereur du Prado, marié en cinquièmes noces à la princesse Galantine de Redow, fille de la grande palatine de Mazurk, Cabochard a vite fait son chemin.

Cabochard donne les espérances les plus brillantes.

Cabochard, Crapouillotus eris!

TOUT LE LONG, LE LONG... DU LUXEMBOURG

(MINUIT)

Il est onze heures et demie.

L'étudiant de Paris ne rentre jamais chez lui sans chanter. Les larifla du quartier Latin ont fait le tour du monde.

Les jours de bal, c'est-à-dire le dimanche et le jeudi, les échos de la rue de la Harpe retentissent du bruit des poésies de la jeunesse insouciante qui regagne son logis.

Exemple. — Un étudiant en droit :

Air connu.

Sans inquiétude
Sur mon avenir,

Je n'ai pour étude
Que le seul plaisir.
Railler la folie
Du savant profond,
Et voilà la vie,
  La vie
  Suivie
Que les étudiants font.

Refrain en chœur. — Les voisins se mettent aux fenêtres.

CRAPOUILLOT. — Attention générale! l'histoire de France en larifla!

CHŒUR. — Bravo!

CRAPOUILLOT. — Je commence, Cabochard répondra.

CABOCHARD. — Vas-y.

CRAPOUILLOT.

A la r'trait' de Moscou,
Dans la neig' jusqu'au cou,
Le brav' maréchal Ney
Trouvait qu'il faisait frais.

LE CHŒUR.

Larifla fla fla, etc.

CABOCHARD.

Mais dans c' mond' voyez donc
Quelle contradiction!
Au Cair' les généraux
Trouvaient qu'il faisait chaud.

LE CHŒUR.

Larifla fla fla, etc.

MALVINA.

Le maréchal d'Eckmul
Possédait une mul';
Mais l' général Pajol
Avait un rossignol.

LE CHŒUR.

Larifla fla fla, etc.

UNE AMIE DE MALVINA.

Le maréchal Grouchy,
A la barrièr' Clichy,
Vit l' général Kléber
A la barrièr' d'Enfer.

LE CHŒUR.

Larifla fla fla, etc.

Adieu, Cabochard! — Adieu, Rosalie! — Adieu, Malvina! — Adieu, Crapouillot! — Adieu, toi! — Adieu, vous tous!

Crapouillot. — Je demande la parole.

Malvina. — Dépêche-toi... j'ai sommeil.

CRAPOUILLOT.

L'auteur de cett' chanson
N'a pas d'ambition;
Il prouv' par ses couplets
Qu'il est un bon Français.

CHŒUR FORMIDABLE.

Larifla fla fla,
Larifla fla fla,
Larifla fla fla.

LES ÉCONOMIES DE CABOCHARD

Doit Cabochard :

Au café de la Rotonde..........	140 fr.
Au marchand de tabac de la rue Racine.....................	150
Chez Desforges (nourriture).....	480
A la couturière de Malvina.......	250
A l'hôtel......................	500
	1,520 fr.

LETTRE DE LA TANTE PINCENEZ

« Mon bon Aristide,

« Je t'envoie encore l'argent que tu me demandes; mais c'est parce que tu vas bientôt être reçu médecin. J'ai un petit rhume que j'aurai bien soin d'entretenir pour que tu me le guérisses toi-même quand tu auras le bonnet de docteur.

« Je t'embrasse.

« CLORINDE PINCENEZ. »

MA TANTE

Mais un beau jour la débâcle arrive.

La tante Chamerlan a appris que Cabochard n'était pas étudiant en droit.

La tante Pincenez a appris que Cabochard n'était pas étudiant en médecine.

La Chamerlan ne donnera plus d'argent.

La Pincenez refuse tout subside.

Les tantes abandonnent Cabochard; Cabochard est réduit à implorer l'assistance de MA TANTE.

Ma tante du quartier Latin demeure dans la rue de Condé, — près l'Odéon.

D'abord Cabochard porte ses habits.

Puis Cabochard lui confie sa montre.

Après la montre, il met ses livres (peu) en pension.

Après les livres... son cornet à piston.

Ma tante refuse le cornet à piston.

— Je suis flambé, dit-il à Crapouillot.

— Imbécile, on n'est jamais flambé.

— Vois les poulets de mes tantes, vois les reconnaissances de ma tante. Je n'ai rien.

— Et l'espérance, ne seras-tu pas riche un jour?

— Riche, non... mais cent mille francs à peu près.

— Alors c'est une Californie. Tu as le père Salomon.

LE PÈRE SALOMON

— Qu'est-ce que le père Salomon ?

Encore un type du quartier Latin, le Gobseck de la jeunesse, le père Salomon fait des affaires au plus juste prix avec les étudiants.

Salomon a la prudence et la sagesse de son homonyme dans les relations.

Il ne prête aux jeunes fous qu'à bon escient, et après s'être assuré qu'ils seront solvables un jour.

On a peint ces juifs endiablés qui prêtent de l'argent à six cents pour cent. Le père Salomon est plus fort.

Il prête de l'argent sans intérêt, mais il ne donne pas d'argent.

Des pianos sans queue, des fusils de chasse de Henri IV, des espingoles du moyen âge, des panoplies, des tableaux de Raphaël et des cannes de grands hommes composent son magasin.

Je possède, — moi, — une canne de Voltaire. Elle m'a coûté cinq cent dix-sept francs. Un marchand n'en voudrait pas pour quarante sous.

Un de mes amis a reçu de Salomon un dessin de Raphaël, — que son portier n'a pas voulu prendre en nantissement de quatre ports de lettres.

(Notez que la réduction postale venait d'être adoptée.)

Cabochard aux abois se présente chez Salomon.

— Vos espérances?

— Chamerlan.

— Vos certitudes?

— Pincenez.

— Je prendrai des renseignements.

Salomon écrit à Saint-Malo.

Quelques jours après, il fait venir Cabochard.

— Monsi Cabochar, che truffe fotre avaire assez ponne. Fos tantes sont excellentes pour bayer. Mais elles beuvent fifre longtemps. Che fus brobose une betite arranchement.

L'eau monte à la bouche de Cabochard.

Salomon lui offre un fonds de fabricant de cartonnage dans la rue du Temple (historique).

LES ADIEUX DE CRAPOUILLOT

« Mon cher Cabochard,

« Adieu! — je pars pour l'Abyssinie. Je

sens que je ne ferais pas grand'chose à Paris. Une occasion se présente pour moi, je la saisis avec empressement. Les Maria, les Clara Fontaine, les Pomaré ne peuvent mener loin. Je vais faire la traite des nègres. Je rattraperai peut-être dans cette honorable carrière l'argent que j'ai mangé bêtement dans le quartier Latin.

« Je t'engage à faire comme moi — et à te ranger.

« Donne-moi des nouvelles de ma dernière, la petite Joséphine... J'ai entendu dire qu'elle m'avait quitté pour... un musicien des Délassements-Comiques.

« Si je le savais ! ! ! sang et tonnerre !... J'en rirais beaucoup.

« A plus tard.

« CRAPOUILLOT. »

MONOLOGUE

Crapouillot me quitte !

Malvina m'abandonne !... Oh ! je ne me tuerai pas pour cela. Je vais me mettre à bûcher ! — Demain je prendrai ma première inscription. Je n'ai que vingt-huit ans. Je demanderai pardon à la tante Chamerlan. J'aurai du courage... et d'abord ce soir je n'irai pas au Prado... j'irai demain... Et cette canaille de Malvina qui m'a quitté pour se mettre avec un acteur des Funambules... Il me reste vingt francs que m'a envoyés mon papa... J'achèterai le cours de chimie de Dumas, non! c'est trop cher... J'achèterai le Droit romain... Médecin ou avocat, qu'est-ce que cela me fait!... Et Crapouillot qui va faire la traite des nègres... Comme les autres vont rire ce soir au Prado... Non, je n'irai pas au Prado... Si, j'irai au Prado... Malvina reviendra peut-être; elle m'aimait après tout, cette fille-là... La traite des nègres! cela ne m'irait guère, ce métier-là... J'aurai une lettre de recommandation pour le père Orfila... il me poussera... Ah! c'est embêtant de réfléchir. Malvina! Malvina! Malvina! je vais au Prado!

CONCLUSION

Le Public. — C'est une abomination! c'est une indignité. Il n'y a jamais eu d'étudiant semblable à Cabochard.

Moi. — C'est vrai!

Le Public. — Les étudiants s'amusent, il faut l'avouer, mais ils travaillent.

Moi. — Parbleu!

Le Public. — Ils travaillent et ils deviennent tous quelque chose.

Moi. — Vous avez raison.

Le Public. — Alors pourquoi Cabochard...

Moi. — Mais, public exigeant, lis donc le titre de ce chapitre : *les Étudiants pour rire*. L'étudiant pour rire, c'est l'étudiant qui n'est pas étudiant, c'est l'étudiant qui se croit obligé de porter des pantalons écossais, des gilets à la Robespierre et des bottes à la Souwaroff. C'est Crapouillot qui pilote Cabochard, comme plus tard Cabochard un autre Cabochard. Tant qu'il y aura un quartier Latin, il y aura des Cabochards.

Le Public. — Mais la conclusion ? Car enfin, j'espère bien que notre Cabochard n'est pas mort ?

Moi. — Ah ! fi donc !

Le Public. — Qu'il n'est pas malade ?

Moi. — Par exemple !

Le Public. — Qu'il est heureux ?

Moi. — Heu ! heu ! heu !

Le Public. — Pauvre garçon ! Mais que fait-il, de grâce ?

Moi. — *Il est souffleur à l'Odéon.*

Le Public. — Ah ! ! ! !

LES MERCADETS POUR RIRE

—

MERCADETS EN HERBE

— Ainsi donc, mon pauvre Crapouillot, te voilà ruiné?

— Oui, mon cher, archi-ruiné.

— Et la cause?

— Oh! c'est à n'y pas croire. Figure-toi que j'avais amassé une somme assez ronde dans le commerce des nègres. (Ce n'est pas moral, mais c'est productif.) Je songeai à revenir à Paris pour mener à grandes guides cette existence sardanapalesque que j'avais rêvée depuis mon enfance. Mais j'eus soin de laisser mon capital là-bas, confiant dans la délicatesse d'un ami, que j'intéressai dans mon exploitation. Un ami! tu vas voir .Les affaires marchaient très-bien à mon départ; le nègre travaillait, le nègre produisait : j'apportais ici cent mille francs.

— Cent mille francs!

— Une bagatelle, une misère, rien du tout. Mais Saint-Clair devait m'envoyer dix mille francs à chaque trimestre; c'était quarante mille francs bon an mal an, ni plus ni moins : de quoi fumer des cigares à cinq sous et mettre des gants à peu près propres. Avec mes cent mille francs, je m'installai pas mal : un appartement de garçon, rue du Helder; un coupé, un cheval de selle, un bouquet de chez Prévost tous les matins pour une Malvina quelconque. Ah! Malvina, mon ami... te rappelles-tu Malvina?

— Notre Égérie du quartier Latin?

— Elle-même; eh bien! Malvina possède maintenant deux millions, une calèche à quatre chevaux, et donne des bals où tu ne serais pas admis; plus tard je te parlerai d'elle. Buvons de l'absinthe.

Et les deux amis s'attablèrent sur la terrasse du café Cardinal.

— Un beau jour, au bout de six mois, il ne me restait plus rien de mes cent mille francs; mais j'étais établi, je faisais figure. Saint-Clair était en retard d'un trimestre pour l'envoi de mes dix mille francs : je lui écrivis; pas de réponse. J'empruntai, et j'attendis; comme la sœur Anne, je ne voyais rien venir. J'écrivis encore; même silence. Cette fois, c'était inquiétant : ma voiture, mes meubles avaient été vendus! Il fallait que Saint-Clair fût malade...

— Garçon! cria Blandezinc.

— Qu'est-ce que tu veux?

— Je voudrais demander une brioche.

— Attends un peu... nous allons dîner..... car nous dînons ensemble.

— Ah! nous dînons ensemble! fit Blandezinc, dont le visage s'illumina subitement.

— Je continue : je résolus de partir; mais, au moment où j'allais m'embarquer, voici une lettre que je reçus de Saint-Clair... je ne te la lirai pas. Sache seulement que Saint-Clair, à qui j'avais confié ma fortune, me trahissait indignement. Enthousiasmé par la lecture de l'*Oncle Tom* et fondé de tous mes pouvoirs, il avait donné la liberté à mes nègres, il avait émancipé mon capital : mon capital avait pris la clef des champs sans se faire prier, et, pour célébrer ma bonté, ils avaient brûlé mon mannequin en pleine rue et pendu Saint-Clair! Bons noirs!

— Pauvre Crapouillot!

— Que faire? L'argent de mon voyage disparut en un clin d'œil et... garçon, à dîner!

. . . .

— Ah çà, et toi, mon cher Blandezinc, es-tu riche?

— Hélas! non, mon cher Crapouillot; j'avoue même que je comptais sur ta bourse pour me tirer d'un mauvais pas : ma maîtresse d'hôtel m'a signifié aujourd'hui même que, si je ne payais pas les deux mois échus, elle se verrait obligée de me mettre sur le pavé.

— Diable!... garçon, du champagne!... bien frappé surtout!

— Sur le pavé?... c'est bien dur, Crapouillot! Au moins, de ton antique splendeur il te reste un domicile.

— Un domicile!... allons donc!

— Comment!

— Mais, je te l'ai dit, rien, absolument rien! si : cette bourse que m'a donnée Malvina.

— Ah!

Et Crapouillot jeta sur la table un charmant petit filet de soie rose. La bourse tomba légèrement sur le marbre sans rendre aucun son.

— Elle est vide, Crapouillot! remarqua avec effroi Blandezinc.

— Parbleu!... garçon, du café, des cigares! Blandezinc, as-tu du cœur?

— Crapouillot, j'ai tout ce que tu voudras.

— Alors, notre fortune est faite!

— Hein?

— Notre fortune est faite, te dis-je! Tu as beau ouvrir des yeux comme des portes cochères, tu vas rouler sur l'or et les billets de banque! Je ne suis pas gris; tu vois, je parle très-facilement.

— J'entends, mais je ne comprends pas.

— Tu n'as pas besoin de comprendre. Lorsque je t'ai rencontré tantôt, mon cher Blandezinc, je cherchais un homme ; Diogène aussi : mais, entre Diogène et moi, il y a cette différence que Diogène cherchait un honnête homme.

— Mais, Crapouillot, je ne suis pas un coquin!

— Fi donc! pour qui me prends-tu? Je t'estime, Blandezinc. J'ai des principes; je marche avec mon siècle. As-tu vu au Gymnase une pièce qui s'appelait *Mercadet?*

— Il y a bien longtemps que je n'ai été au théâtre.

— C'est égal, tu seras mon Godot; tu te rappelles au moins Robert-Macaire et Bertrand?

— Oh!

— Ne te voile pas la face, Blandezinc : si je m'appelle Macaire, tu peux bien t'appeler Bertrand! Je m'estime, je m'aime; je suis un homme intelligent, tu n'es pas complétement idiot : faisons nos paquets d'esprit et de savoir-faire ; je serai la tête, tu seras le bras. Mercadet était un dieu!... soyons des Mercadets, mon cher Blandezinc, et nous serons considérés! Ah! si M. de Balzac vivait encore, je crois que nous aurions fait quelques affaires ensemble! As-tu bien dîné, Blandezinc?

— Oh! oui.

— Garçon, l'addition!

— Avec quoi donc vas-tu payer, Crapouillot? fit Blandezinc en contemplant piteusement la bourse qui était restée sur la table.

— Ce n'est pas moi qui vais payer, c'est toi!

— Plaît-il?

— Donnez, garçon... — 37 fr. 50 c., — pas cher. Garçon, vous mettrez cela sur la note de monsieur. Viens, Blandezinc.

Blandezinc était atterré.

Crapouillot le prit par le bras, ils sortirent.

Quand ils furent sur le boulevard, Crapouillot reprit : — Tu ne savais où dîner tout à l'heure, et tu m'as invité à partager ton festin de Lucullus. C'est l'histoire de la vie parisienne, mon bon. Le garçon, qui me connaît depuis longtemps, n'a pas osé solliciter des explications. Il t'a pris pour un seigneur russe qui a la fantaisie de se mal mettre. Désormais tu *as l'œil*. Eh, mon Dieu! un jour ou l'autre tu le payeras et tu lui donneras dix louis. J'ai des projets gigantesques. Je vais y songer. Demain je te donnerai des bottes; nous avons le même pied. Blandezinc, je suis heureux de t'avoir rencontré.

Tu ne parais pas encore bien convaincu de la solidité de mes arguments. Tiens, voici une stalle d'orchestre pour l'Odéon : vas voir l'*Honneur et l'Argent* ; nous nous retrouverons ici demain à la même heure.

Et les deux amis se quittèrent.

QUELQUES RÉFLEXIONS DE BLANDEZINC

Crapouillot a peut-être raison. C'est une jolie pièce que l'*Honneur et l'Argent* ; mais Georges est vraiment trop honnête. Comme tout le monde le cajole quand il est riche ! comme tout le monde l'abandonne quand il est pauvre ! — Dire que j'ai dépensé 37 fr. 50 c. pour dîner ! 37 fr. 50 c. ! Je n'avais dépensé que 29 fr. pendant tout le mois dernier ; il est vrai que j'ai bien dîné. Je crois que Crapouillot est un homme fort. On est toujours fort quand on a eu de l'argent. Mercadet ! Mercadet ! Mais c'était un Robert-Macaire, ce Mercadet ! je n'ai pas envie d'être un Bertrand, moi. Bertrand recevait toujours les bourrades. Et puis quelle drôle d'histoire m'a racontée Crapouillot avec ses nègres ! Il est vraiment bien, ce Crapouillot. Pourquoi ne réussirait-il pas ? — Oh, la fortune ! — la fortune ! — Allons, tâchons de dormir... quelle journée !...

Blandezinc s'endort.

Les songes les plus charmants argentent son sommeil.

Le lendemain la maîtresse de l'hôtel qu'il habite le chasse.

UN PROJET

— La presse est une puissance, vois-tu, mon cher Blandezinc ; tous les hommes vraiment supérieurs arrivent par la presse. Nous fondons un journal : je publie quelques articles remarquables : j'attrape tout le monde, on s'inquiète de moi ; tu es mon ami, on s'inquiète de toi. Si nous nous lançons dans la politique, nous confectionnons des prodiges d'opposition. Les ministres sont à nos genoux ; on nous supplie de choisir deux bonnes places : je me fais nommer au moins conseiller d'État, et toi...

— Moi, je voudrais bien être inspecteur des marchés, — à la halle aux poissons.

— Tu es inspecteur des marchés, accordé... Mais nous ne pourrons peut-être commencer par la politique... un journal de théâtres !... on en a vu... Le *Mouchard des théâtres,* une feuille d'un liard, a mis son premier numéro sous presse en même temps que sa montre au clou... Oui... oui ! c'est bien cela ! j'irai voir Malvina !

PÊCHE A LA LIGNE

— Voyons, ne suis-je pas une bonne fille ?

— Si !... Mais... ma chère Malvina.

— Mais... mais cinq cent mille francs ne se trouvent pas comme cela sous le pas d'un cheval... Je n'aime pas ce métier-là, moi...

— Mais pour l'autre... Voyons, Bichette ?

— Des câlineries, monstre... Eh bien !... peut-être... j'ai une de mes amies qui veut entrer au théâtre... Une petite oie... qui a des cachemires à remuer à la pelle... Je te l'enverrai... Elle est gentille, mais elle devient bien rouée... Tu la connais peut-être... c'est Sophie Galoubet.

Sophie Galoubet ?

— Elle-même !

— Je ne connais pas.

— Alors, attends ! — Adieu, Crapouillot. Cocher, à Madrid !

PETITE MERCADET DEVIENDRA GRANDE

Sophie Galoubet était une femme de vingt-deux ans environ.

Elle avait l'œil noir, la dent blanche, les roses et les lis s'épanouissaient à l'envi sur son charmant visage. Le pied mignon, la main soignée.

Née dans une loge du faubourg Saint-Martin de parents pauvres, mais portiers, Sophie avait senti de bonne heure l'ambition lui grignoter le cœur. En consultant son miroir chaque matin, elle se disait : Je suis jolie, j'arriverai ! Et Sophie s'était juré à elle-même de faire fortune.

Un jour, — toutes les Galoubet de la terre ont un jour semblable dans leur existence chamarrée d'aventures, — Sophie se laissa enlever par un bonnetier célibataire qui se retirait de la flanelle ; elle abandonna sans verser une larme la loge, asile de son enfance, n'emporta qu'une paire de bottines achetées la veille, un solfége et l'histoire de Manon Lescaut. Le bonnetier fit bien les choses. Il habilla Sophie à neuf — avec du gros de Naples et du mérinos. Elle était à croquer ainsi. Il lui meubla un petit appartement de garçon où il recevait quelquefois ses amis : trois ou quatre vieux coquins de son espèce, engraissés dans le commerce de l'huile et du chocolat.

Sophie avait alors dix-sept ou dix-huit ans. Elle n'aimait pas le bonnetier, — mais elle le supportait. Sans lui prodiguer les preuves d'un amour du Sahara, elle consentait volontiers à passer la main sur les plages antiques où avaient jadis été les cheveux du don Juan. Les amis de la flanelle se pâmaient, se récriaient sur la chance de leur confrère, et s'écriaient : Il est vraiment très-bien ce M. Nicolas !

Sophie Galoubet s'ennuya enfin de cette vie d'arrière-boutique, — et mit un matin la clef sous la porte. Le terme avait été payé d'avance, et le gros chéri était parti pour quelques jours à la campagne. A son retour Loulou trouva une lettre de congé ainsi formulée : « *Je ne vous ème pas. Vous êtes vieux, lai et pas espirithuelle, Jean porte tout ce que vou mave deaunez en souvenire. Je vous quitte, — nous le sommes* (quitte.) »

Notre don Juan se frotta les mains.

Il venait chez la petite avec l'intention de rompre. Loulou avait prêté son cœur à Sophie pour faire une fin. En voyant la gentille Galoubet paraître heureuse, l'imagination des commères du quartier avait vagabondé dans le champ des combinaisons matrimoniales, et la charcutière du coin de la rue des Petites-Écuries s'était mis dans la tête de trouver quarante mille francs à M***, qui enterrait sa jeunesse avec une gourgandine de rien du tout, qui n'avait pour elle que la beauté du diable. Bref, l'affaire s'était arrangée.

La flanelle se tirait avec honneur d'une liaison dangereuse.

Ce vieux marchand de coton était un Mercadet.

Pendant trois ans, Sophie Galoubet disparut de la surface du monde des plaisirs de Paris. Étoile perdue dans le firmament des filles d'Ève de la capitale, on la voyait, comme ses sœurs, aux avant-scène des petits théâtres les jours de première représentation. Elle se promenait le dimanche aux Champs-Élysées dans un coupé à quarante sous l'heure, dînait quelquefois à la Maison-d'Or et le plus souvent à la table d'hôte du hasard.

Un jour, — c'est le vrai jour des Galoubets intelligentes, des Mercadets du cœur, — Sophie demeura dans un hôtel de la rue des Mathurins; Sophie devint l'inséparable de Malvina : l'une était maîtresse de l'Angleterre, l'autre commandait à la Russie, deux nations riches et généreuses.

Sophie Galoubet avait forcé le cœur et la cassette d'un riche lord avec le monseigneur de ses prunelles; milord l'adorait comme un fou et ne comptait pas.

L'ennui naquit un jour de l'uniformité...

Sophie Galoubet voulut alors avoir sa place au soleil; Milord se plaignait de la voir trop économe, elle dépensait à peine mille louis par mois: Sophie Galoubet résolut d'entrer au théâtre; elle en parla à Malvina.

— T'es bête, ma chère! dit Malvina; tu ne feras jamais rien.

— Oh! si, je suis sûre que je réussirai!

— Comme moi! J'ai été à Bobino, telle que tu me vois; j'étais gentille... je suis mieux maintenant! De Bobino j'ai été aux Délassements... aux Délassements, j'ai eu du succès! Vois-tu, ma fille, le théâtre, c'est bon pour les jeunesses... çà forme... mais quand on est formé, çà déforme...

La résolution de Sophie Galoubet était irrévocable.

— Soit! reprit Malvina, puisque tu le veux; après tout, bêtise pour bêtise!... mieux vaut peut-être encore celle-là qu'une autre!

Crapouillot était en veine. Malvina avait ruminé le projet de son ami, et la vocation de Sophie Galoubet lui semblait moins ridicule.

— Demain, je te présenterai à un de mes amis, un garçon d'esprit, une des victimes de l'*Oncle Tom*; il a tout perdu... des millions de nègres; un journaliste, qui dira que tu as du talent et une voix délicieuse.

— Sonnez un peu : qu'on m'apporte du papier, une plume, de l'encre; je vais écrire à Crapouillot.

Et Malvina écrivit :

MON CHER CRAPOUILLOT,

« Une de mes amies désire entrer au théâtre; j'ai pensé à toi : peux-tu mettre le *Scorpion littéraire*, — c'est, je crois, le titre de ton journal, — à notre disposition? En ce cas, mon cher ami, attends-nous demain à ton bureau, à deux heures; j'y viendrai avec Sophie Galoubet.

« Mais où est-il, ton bureau?

« Envoie-moi l'adresse dans la matinée.

« A toi,

« MALVINA. »

LE SCORPION LITTÉRAIRE.

En recevant cette lettre, Crapouillot faillit

avoir une attaque d'apoplexie. Blandezinc leva les yeux au ciel.

— Blandezinc, nous nous mettrons en route à huit heures du matin.

— Nous partons?

— Non, imbécile... nous chercherons un logement.

— Pour quoi faire?

— Pour quoi faire?... et pour notre journal donc!

— Le *Scorpion littéraire?*

— Oui... quel titre!... hein? C'est Malvina qui l'a trouvé... une fille précieuse! Dimanche prochain, le premier numéro paraîtra.

— Ah bah!... et de l'argent?

— De l'argent?... triple imbécile!... n'en voilà-t-il pas? continua Crapouillot en chiffonnant avec ivresse la lettre de Malvina. C'est la Sophie Galoubet qui sera notre bailleur de fonds. Sophie Galoubet est riche, je suis pauvre, Mercadet femelle et Mercadet mâle : nous devons nous entendre! Tu vois bien, stupide animal, que nous avons bien fait d'aller nous promener au bois de Boulogne!

Si nous étions restés entre quatre murs, nous n'aurions pas vu Malvina, et, si nous n'avions pas vu Malvina... bonsoir, la Galoubet; va t'acheter des bottes..... vernies!

— Mais...

— Tu diras qu'on envoie la facture au bureau du *Scorpion littéraire.*

— Puisque nous ne savons pas où ils seront, les bureaux !

— Non, mais demain tout Paris le saura... je ferai vingt mille francs d'annonces... payables à trois mois... tu me prêteras ta signature !

SOPHIE 4,000 FRANCS !!!

Le lendemain, avant midi, Crapouillot avait retenu des bureaux pour son journal le *Scorpion littéraire.* Situés aux environs de la Chaussée-d'Antin, luxueusement meublés, ces bureaux avaient été abandonnés par une société en commandite pour le perfectionnement de la race des vers à soie en France. Le gouvernement avait refusé son approbation aux statuts des vers à soie, et les administrateurs, n'ayant ni sou ni maille, avaient loyalement abandonné au propriétaire le mobilier qu'ils devaient à différents tapissiers dignes d'un meilleur sort.

A midi un quart la patrie des vers à soie avait changé de face.

La salle du conseil — (il y a toujours une salle du conseil; cette salle renferme six chaises et une grande table sur laquelle se pavanent les journaux et une cote de la Bourse), — se transformait en salle de rédaction.

Crapouillot s'emparait d'un charmant petit boudoir qu'il intitulait majestueusement cabinet du rédacteur.

Une grande enseigne commandée, dès l'aube, s'accrochait à la façade de la maison. Cette enseigne portait en lettres gigantesques : le *Scorpion littéraire*, *journal de tous*, 25 *fr. par an.*

Blandezinc reçut solennellement le titre de gérant, — avec mission de chercher deux employés, un caissier, — des courtiers d'abonnement.

Malvina avait reçu, par les soins de Crapouillot, l'adresse du *Scorpion littéraire.*

Deux heures sonnaient.

Une voiture s'arrêta à la porte. Malvina et Galoubet en descendirent.

Blandezinc salua jusqu'à terre ces dames et les conduisit chez M. le rédacteur en chef.

« Bonjour, César, fit Malvina en sautant au cou de Crapouillot. Ah! comme tu es bien logé ici! Tu en as pour cher? Donne donc vite un numéro de ton journal. Est-il méchant,

méchant comme la gale, hein, monstre? Faudra être gentil avec nous. Je m'abonne à ton journal. Tu sais mon adresse : rue de Desèze... un joli quartier... Ça n'est pas canaille comme le département Bréda... »

Et, sans façon, Malvina jeta son chapeau sur un divan.

Maintenant, causons affaires. Je t'ai demandé un numéro de ton journal.

— Le *Scorpion littéraire*... Il est... il doit... il va... il est sous presse.

— Connu! pas d'argent!...

— Malvina!

— Tu vas te gêner avec nous! J'ai l'honneur de te présenter mademoiselle Sophie Galoubet, qui se jette dans les bras des arts et des lettres. Connais-tu le directeur des Panoramas-Dramatiques, toi?

— Beaucoup.

— Eh bien, il faut imposer la petite. Regarde comme elle est gentillette. Sophie Galoubet, ma fille, je t'ai présentée à un J. J.; cause avec monsieur.

Sophie Galoubet expliqua franchement sa position à Crapouillot. Elle s'ennuyait; elle voulait chercher dans le théâtre des distractions.

Crapouillot l'approuva. Le théâtre était une

belle carrière, semée d'écueils et de précipices sans doute, mais des fleurs couvraient ses abîmes. Le *Scorpion littéraire* se mettrait tout entier à la dévotion de Sophie Galoubet. Il n'attendait pour paraître que quatre mille francs, — en route certainement, — mais en retard.

Sophie Galoubet supplia Crapouillot d'accepter les quatre mille francs qui lui manquaient. César se fit beaucoup prier, puis il consentit à envoyer le lendemain son ami Blandezinc les chercher à l'hôtel de la ravissante Sophie.

Est-ce que ce Blandezinc est le même qui me cueillait autrefois des fleurs dans le Luxembourg ?

— Le même, Malvina.

— Ah ! ah ! — Tu en as fait ton...

— Mon intendant, Malvina.

— Quand tu n'en voudras plus, je le prendrai pour domestique. — Allons, Galoubet, embrasse monsieur. — Embrasse, te dis-je. — Dans les journaux et au théâtre, on embrasse toujours. — Et partons !

ORGANISATION DU TRAVAIL

Le lendemain, les quatre mille francs de

Sophie Galoubet étaient alignés en piles jaunes dans une magnifique caisse achetée subitement par César.

Blandezinc avait complétement renouvelé sa garde-robe. Quant à Crapouillot, il était redevenu le Crapouillot élégant de Tortoni.

« Quatre mille francs! c'est bien joli, soupira Blandezinc.

— Oh! oui, n'est-ce pas? c'est bien joli! Si tu avais quatre mille francs, tu t'en ferais cent mille francs de rente en Auvergne. — Imbécile! avec ces quatre mille francs, Blandezinc, je veux... Tu chercheras un marchand de papier..., un imprimeur..., et tu passeras chez Potel. Nous avons du monde à souper ici ce soir. »

Blandezinc se mit en chemin. Grâce à sa mise, il trouva un marchand de papier qui consentait à un crédit de six semaines, et un imprimeur qui voudrait bien attendre huit jours.

Crapouillot alla chercher sur le boulevard ses rédacteurs.

La presse parisienne a établi sa grève sur l'asphalte des Italiens et du Café de Paris. Le passage de l'Opéra est la place du Châtelet de l'esprit et de l'intelligence.

Les Crapouillot de Paris, — gens de sac et

de corde, — tiennent toujours par un fil à ce qu'on appelait autrefois le quatrième pouvoir de l'État.

Crapouillot invita à souper le jeune Falempin, qu'un style étrange, des cheveux fantastiques, une figure agréable, des dents blanches, un air de mousquetaire en goguette avaient mis à la mode dans les ruelles de brocards. Falempin fut chargé d'*éreinter* d'une façon chronique messieurs les vaudevillistes en général, et les auteurs de tragédies en particulier. Après Falempin, César convia Barbanchu, auteur d'un volume sur le Salon de 1852, volume assez distingué. Barbanchu accepta avec plaisir la sainte mission de blaguer MM. les peintres.

Tartempion voulut bien entreprendre la critique des livres.

Le Scorpion littéraire fit son apparition un dimanche.

Blandezinc reçut six francs cinquante des mains de Crapouillot pour aller déjeuner dans six cafés différents.

Rendons à Blandezinc cette justice de dire qu'il remplit honnêtement sa tâche. Il fut même héroïque, il se contentait d'un petit verre dans chaque café, en disant au garçon :

« Garçon, donnez-moi *le Scorpion littéraire*, je vous prie.

— Connais pas.

— Comment, vous ne connaissez pas *le Scorpion littéraire!* Ah! c'est incroyable!... Combien le petit verre?

— Quatre sous.

— Voilà, garçon... Je donnerai au tronc la première fois; mais ayez *le Scorpion littéraire.* »

Blandezinc recommença ce manége si souvent que le soir il était bien ému, bien ému.

Le journal n'était pas mal, d'ailleurs.

Falempin s'était surpassé en demandant que M. Clairville fût condamné à quatorze ans de travaux forcés — et fouetté en place publique.

Barbanchu traitait Delacroix de peintre en bâtiment.

Tartempion exaltait un volume de Maximilien Perrin.

La vicomtesse de G*** prédisait le retour des bottes à la Souwaroff.

Crapouillot avait vivement recommandé Sophie Galoubet à la plume de Falempin.

Ce jeune critique blond, à propos de mademoiselle Rachel dans le rôle de lady Tartufe, avait écrit : « Mademoiselle Rachel est une comédienne passable; mais nous lui connaissons une rivale. Tout Paris connaît sa beauté, son élégance : dans un mois tout Paris connaîtra son talent. Le directeur des Panoramas-Dramatiques a commandé à un de ses fournisseurs une pièce qui doit faire ressortir toutes les qualités de cette ravissante actrice. »

Sophie Galoubet fut enchantée de l'article de *Monsieur* Falempin.

GRANDEUR ET DÉCADENCE.

Le nom de Sophie Galoubet, jeté ainsi au vent de la publicité, ne pouvait passer inaperçu. L'article de Falempin fut violemment attaqué par les Falempins des grands formats. Quoi, disait l'un, le théâtre va-t-il devenir le refuge d'une dame aux camélias! Les prêtresses du plaisir et de l'extravagance, répliquait l'autre, vont-elles envahir nos scènes de vaudeville! Celui-là prétendait qu'une honnête famille ne pourrait plus désormais aller à la comédie.

Crapouillot s'attendait bien à ce déluge de récriminations.

— Nous aurons bien de la peine à vous

faire accepter! insinuait César à Sophie Galoubet.

Chacune de ses insinuations coûtait quelques billets de mille francs à Sophie.

Tout a une fin dans ce monde, — même les scorpions littéraires.

Blandezinc, à force de petits verres, avait accroché une soixantaine d'abonnés.

Le journal paraissait depuis six mois, — et la caisse présentait un déficit énorme.

Les notes de l'imprimeur, du marchand de papier, etc., pleuvaient dru et serré.

Le directeur des Panoramas-Dramatiques avait formellement déclaré qu'il n'engagerait jamais une Sophie Galoubet.

VIEUX PAPIER A VENDRE!!!

Après avoir épuisé toutes les ressources du crédit et de l'emprunt, César mit un beau matin la clef sous la porte et disparut en laissant Blandezinc dans les bureaux du *Scorpion littéraire*...

Blandezinc s'esquiva à son tour — en laissant un pauvre diable d'employé à 40 fr. par mois, à qui on devait un semestre.

Celui-ci, qui ne voyait pas revenir ses directeurs, traça sur une grande feuille de papier écolier cette annonce en guise d'affiche : Papier à vendre à la livre, et la colla sur la porte de la rue.

Le *Scorpion littéraire* produisit en détail 122 fr. !

SUIS-JE BÊTE !...

Suis-je bête ! disait quelques jours après Sophie Galoubet en s'étalant sur la bergère du directeur des Panoramas dramatiques. J'ai été m'amuser à croquer une vingtaine de mille francs dans une feuille de chou pour me faire engager malgré vous. J'ai reçu votre petit mot ce matin ; — je veux bien, moi, — vous demandez d'abord que je change de nom. Pourquoi cela?

— Mais parce que vous êtes trop connue...

— Trop connue, mon cher ! on ne l'est jamais assez. Enfin ! je m'appellerai Sophie Lambert, ça m'est égal. Avez-vous un joli rôle à me donner?

— Un joli rôle ! vous n'avez jamais rien joué !

— Bah ! laissez donc... — Celui de la petite Mariette est gentil dans la nouvelle pièce.....

— Mais je ne puis lui ôter un rôle que les auteurs...

— Les auteurs! laissez donc... Vous me les inviterez à souper...

— Mais moi...

— Vous!... ah! ah! Tenez, mon cher... j'ai, je crois, une boîte d'excellents cigares chez moi... venez la chercher... il y a au fond un billet ou deux... de cinq...

— Mais...

—Non... c'est trois billets de cinq... Adieu!... Envoyez-moi mon bulletin de répétition de bonne heure.

MERCADET A TOUJOURS PLUS MERCADET QUE SOI

Crapouillot avait trouvé son maître.

Ennuyé des attaques continuelles du jeune Falempin, et sachant que Sophie Galoubet payait de ses fonds secrets les dépenses du *Scorpion littéraire*, le directeur des Panoramas-Dramatiques avait compris quel parti il pouvait tirer de la situation.

En cinq minutes l'affaire se bâclait... Milord mettait quarante mille francs dans le théâtre...

Sophie Galoubet avait six mille francs d'appointements — qu'elle s'engageait à ne jamais toucher, — des feux (éteints à l'avance), un bénéfice, trois mois de congé, etc., etc.

Lorsque Crapouillot se présenta à la porte du théâtre en invoquant son droit d'entrée de journaliste, le contrôleur le pria avec politesse de ne jamais revenir.

Un Mercadet de théâtre avait joué un Mercadet de plume.

Sophie Galoubet débuta.

Elle eut un succès immense.

Les bravos, les bouquets, les rappels, rien ne manqua dans cette fameuse représentation du..... janvier 185...

Et le soir, transportée de joie et d'ivresse, la débutante vit Malvina sa compagne de plaisir; ce fut à peine si elle inclina la tête.

NOTE DU CAISSIER.

Loué à mademoiselle Sophie ***.

50	stalles d'orchestre. . . .	300 fr.
10	loges	400
100	parterre.	200
10	bouquets.	150
	Total. . .	850 fr.
	Recette générale. . .	875 fr.

LE BILAN DE CRAPOUILLOT

Actif. — Trois cachets de chez Richard, restaurateur à 2 fr. par tête, au Palais-Royal. — Une lettre d'amour de Malvina.

Passif. — Une liasse de papiers timbrés, protêts, saisies, commandements, etc., etc. — Déficit général : 6,989 fr. 87 c.

CLICHY

Clichy est un cliché dans l'existence aventureuse des Mercadets de la moderne Athènes. C'est la ligne d'intersection de la débine à la fortune. Crapouillot devait nécessairement se promener sous les ombrages peu touffus de ce palais de la dette et du papier timbré.

Un matin qu'il suivait tout pensif la rue de Richelieu, les alguazils du protêt s'approchèrent poliment de notre homme et le prièrent de monter en voiture.

Crapouillot ne se le fit pas dire deux fois. Crapouillot avait besoin de réfléchir. Où réfléchit-on mieux que dans cette demeure?

Une lettre de change illustrée de toutes ses formalités était restée impayée. Crapouillot ne songea pas un seul instant à trouver un libérateur.

Il se laissa donc *emballer,* — après avoir écrit à Blandezinc : « Je vais pour quelques jours à la campagne. — Fais ce que tu pourras, — et surtout sois toujours honnête : l'honnêteté est la mère de tous les vices. Tu trouveras encore onze francs dans le tiroir de mon secrétaire. Je t'autorise à les pincer; mais je t'engage à les ménager. — Viens me voir à Clichdorf. »

Et le cortége se mit en marche. . . .

. . . .

Blandezinc, qui n'était que la pâle copie de « l'antique Pollux, » reçut avec calme la nouvelle de l'incarcération de Castor. — Il prit les onze francs et les mangea vite. Dix jours après il ne lui restait pas un sou.

MERCADET D'ISRAEL

« Monsieur, dit le vicomte de Veaumarin à Crapouillot, je regrette beaucoup de ne pas avoir fait plus tôt votre connaissance... Votre idée me semble excellente, et nous la mettrons ensemble à exécution.

— Volontiers, vicomte... Mais les moyens d'exécution?

— Oh! rien de plus simple : nous mettons

la société au capital de quinze millions, sous le patronage des noms les plus honorables de France!

— Bravo!

— Nous inondons Paris de prospectus... Nous criblons la France d'affiches... Nous nous achetons toutes les actions à primes avant l'émission, — et nous les revendons après. — Bénéfice net : ce que nous voudrons.

— Adopté! Mais pour sortir d'ici...

— C'est simple comme bonjour. — Vous devez?

— Sept mille francs.

— Moi quinze à seize.

— Aye!

— Bah!... le père Philibert nous prêtera cela. Quinze et sept vingt-deux... En faisant une lettre de change de trente mille francs à quatre mois, — huit mille d'intérêt, ce n'est pas cher. — Philibert nous tirera de là.

— Mais quel est ce Philibert?

— Philibert, c'est ce gros homme que vous voyez là-bas... Il se promène de long en large avec un carnet à la main... Chut! pas un mot... Je prévois votre question... Voilà une treizaine ou quatorzaine d'années que Philibert est ici... Il a établi sa résidence dans ce séjour, afin de surveiller lui-même ses opérations. Et ma foi il fait d'assez bonnes affaires. Philibert est riche, très-riche, si riche, qu'il parle de se retirer... Aussi faut-il profiter de ses derniers beaux jours. Quand ces sortes de soleils se couchent, il est bien difficile de les faire relever. Philibert est le père Gobseck de Clichy. Il est enfermé pour quelques cents francs... Mais il sort tous les ans... Philibert prend ses vacances pendant un mois ou deux et revient... Il se poursuit lui-même.

— Je ne vois pas...

— Patience! patience! Qu'est-ce qui vient à Clichy, monsieur Crapouillot?... Répondez.

— Dame! des négociants..., des spéculateurs..., des fils de famille..., des viveurs, des hommes de lettres.

— Justement... Eh bien, tous ces gens ne sont-ils pas des gens d'intelligence presque toujours, d'esprit souvent? La roue de la Fortune, — cette déesse des hibous, — a mal tourné pour eux. Philibert a compris qu'il pouvait faire retourner la roue, — et ses opérations ont eu quelquefois du succès. Or, quand un oiseau de cette cage lui paraît posséder une envergure assez grande pour planer encore dans cette volière qu'on nomme Paris, Philibert lui donne la clef des champs — à 15, 30, 40 pour 100 d'intérêt par mois.

— C'est superbe !

— Oui, ça n'est pas mal imaginé : aux uns la chose réussit ; aux autres, la chose réussit moins. Ceux qui se relèvent, grâce à la machine-Philibert, n'ont aucune peine à s'exécuter de grâce. Les malheureux qui échouent reviennent ici un peu plus endettés, voilà tout ; chacun y trouve son compte.

— Est-ce que vous avez déjà fait quelques affaires avec ce philanthrope ?

— Oui, l'origine de ma dette est de trois mille francs... il y a deux ans à peu près. J'ai emprunté deux mille francs, une fois, pour aller jouer à Hombourg, et j'ai fait une reconnaissance de huit mille : j'ai perdu ; je jouais sur la rouge, la noire est sortie avec fureur. Je suis revenu. Je lui ai réemprunté six mille francs pour jouer à la Bourse ; en deux jours la rente a baissé de trois francs, et me voilà ! Mais, à présent que nous avons une idée, nous sommes sauvés. D'ailleurs je suis un fils de famille, Philibert le sait bien ; il sera payé tôt ou tard.

On vint prévenir Crapouillot que M. Blandezine demandait à le voir.

A tous les cœurs bien nés, Clichy fut toujours cher !

— —

MERCADETS DE BAS ÉTAGE

Depuis la disparition de Crapouillot, Blandezinc avait été obligé de chercher sa vie dans la marmite des entreprises ténébreuses de la grande ville. Blandezinc s'était fait, dans l'espace d'un mois, commis voyageur en vins, préparateur au baccalauréat, et agent d'assurances pour les remplacements militaires.

Mais voyez un peu le guignon de l'infortuné Blandezinc ; les vins qu'il avait livrés étaient falsifiés, et il avait été contraint de renoncer à ce commerce difficile.

Le parent du seul élève qu'il eût à préparer au baccalauréat l'avait prié d'exhiber son diplôme, et Blandezinc, n'étant pas bachelier lui-même, avait dû abandonner cette carrière libérale.

Enfin, agent d'assurances pour les remplacements militaires, il avait remplacé un jeune conscrit des plus naïfs et des plus honnêtes par un aimable marchand de chaînes de sûreté qui avait eu autrefois des mots avec la justice.

UN PETIT INTÉRÊT

Le père Philibert hocha la tête.

Le pavé de liége ne me semble pas solide,

mes enfants; j'ai peine à croire que vous puissiez remonter sur l'eau. Enfin, comme je ne veux pas avoir rien à me reprocher, voilà l'argent : vingt-deux mille pour les dettes, deux mille pour vous.

Et Philibert se frotta les mains en voyant Crapouillot et Veaumarin endosser chacun une lettre de change de vingt mille francs.

César et le noble comte sortirent de prison et se mirent à l'œuvre. Ils possédaient un billet de mille francs à peine ; ce chiffon chéri devait se centupler dix fois.

Blandezinc présenta les deux associés à quelques courtiers d'annonces, et la quatrième page des quatre grands journaux s'illustra pendant huit jours de suite avec ce prospectus :

MERCADETS DE LA RÉCLAME

COMPAGNIE DU PAVÉ DE LIÈGE

Capital social : 123,000,000

DIVISÉ EN 10,000 ACTIONS

Minimum d'intérêt à 12 %, garanti pendant 30 années

Le temps et l'expérience ont prouvé jusqu'à quel point tous les différents pavages employés jusqu'à ce jour étaient malsains et incommodes. La routine, cette vieille fée plus vieille que le monde, emploie encore le pavé de grès! Mais il ne se rencontre plus guère que sur les grandes routes ou dans certaines villes de province. Jeanne Gray, qui mourut si misérablement sur l'échafaud pour l'avoir inventé, n'existe plus que dans le souvenir de quelques propriétaires récalcitrants et de quelques municipalités rétrogrades. Différents efforts ont été vainement tentés; entre autres choses, on a essayé le macadam. Le macadam!... nous n'en parlerons pas; les dessinateurs, les caricaturistes et les vaudevillistes en ont fait justice. M. César Crapouillot, qu'un voyage aux sources du Niagara et des travaux scientifiques dans différents organes de la presse parisienne ont mis si brillamment en relief, vient de découvrir un procédé pour appliquer le liége au pavage. Désormais les accidents des voitures, les chutes, etc., etc., seront sans danger. Tout le monde pourra impunément tomber sans courir le risque de se casser un bras, une jambe. Pour les chevaux et bêtes de somme, le pavage en liége deviendra une lisière. En outre, ce nouveau produit a l'immense avantage de ne rien perdre de sa valeur. Quand le liége employé sera avarié, il pourra servir au bouchage des bouteilles.

La compagnie du pavé de liége a passé à cet égard un traité avec la maison Moët-Chandon et Cie....., et autres maisons considérables...

Vente des bouchons, 112,609,316 ; — à déduire pour dépenses d'exploitation, frais généraux, fonds de réserve, etc., 14,604,214 ; — reste pour revenu annuel, 8,000,000....., soit 33 pour 100 sur le capital réel. — 26 millions.

Le privilége du pavé de liége a été concédé pour 99 ans par S. M. l'empereur Faustin Ier, dit Soulouque.

Une partie des actions a été souscrite à Saint-Domingue.

M. Crapouillot, dans un sentiment tout national et dont le monde appréciera la délicatesse, a voulu faire participer ses concitoyens aux bénéfices immenses que promet la future exploitation.

Et d'abord il a voulu s'entourer des noms les plus honorables.

CONSEIL D'ADMINISTRATION.

MM. le duc DE LA PANADERIE, conseiller intime de S. M. Soulouque;

Le duc DE COCAMBO, uni jadis par une secrète amitié avec la reine Pomaré ;

Le duc de Merlan-Fri, ancien plénipotentiaire aux îles Marquises ;
Le comte de Veaumarin ;
Le baron Chaloupard ;
John Blag Esquire ;
Van Beden-Beden, de la maison Beden et Cie ;
Crapouillot, ingénieur ;
Lucy de Lamermoor, baronnet.

Siége de la Société : à Saint-Domingue.

Bureau à Paris : rue Blanche, 20.

Banquiers à Paris : MM. Blandezinc et Cie.

Le premier versement, de 100 fr. par action, sera exigible immédiatement après la répartition.

« Oh ! oh ! voilà une annonce bien faite, » se dit Crapouillot en ouvrant ses journaux.

« Ma foi, cher comte de Veaumarin, si nous ne faisons pas cette fois notre fortune, eh bien, nous aurons du guignon.

« Demain sera ouverte la souscription : nous verrons s'il y a encore des pigeons dans ce beau pays de France ! »

Et les deux associés se serrèrent mutuellement la main.

TOUT CE QUI SONNE N'EST PAS OR.

Blandezinc, pendant ce temps, se livrait à un exercice assez singulier... Gardien de quatre cents francs que lui avaient confiés Crapouillot et le comte de Veaumarin, il s'amusait à les mettre en pile les uns contre les autres ; puis, quand la pile était parachevée, il recommençait et recommençait toujours... Blandezinc avait ainsi toutes les apparences d'un homme qui remue beaucoup d'argent, et le son métallique que rendait son capital devait inspirer la plus vive confiance.

Ils en reçurent de ces lettres !... On leur en demanda de ces actions !...

« Et il y a des gens, se prit à dire Crapouillot, qui prétendent que la confiance n'est pas revenue... En voilà pour un milliard !... »

La Presse, le Constitutionnel, le Siècle, les Débats annoncèrent alors que les administrateurs du pavé de liége, étant littéralement accablés de demandes et ne pouvant satisfaire à toutes, se voyaient dans la déplorable nécessité de fermer la souscription.

VOUS REVIENDREZ

« Hein ! papa Philibert..., quand je vous disais...

— Eh bien, qu'est-ce que vous me disiez?

— Que la société du pavé de liége était un coup de filet..., une fortune.

— Une fortune! Où est-elle la fortune?

— Là; la voici... 250,000 actions demandées...

— Faudra voir.

— C'est tout vu...

— Soit..., c'est tout vu...; mais, parmi les actionnaires, combien sont sérieux?

— Tous!... Quel intérêt?...

— Ah! ah! ah! »

Et Philibert, qui était toujours à Clichy, congédia ses deux clients en murmurant :

« Vous reviendrez, mes amours! »

MERCADETS A PRIME, MERCADETS FERMES, MERCADETS FIN COURANT ET AUTRES MERCADETS

O Bourse, salut!

Que n'a-t-on pas écrit sur la Bourse! que n'écrira-t-on pas encore!

Nous serions désolé de déposer dans ce petit livre quelques réflexions philosophiques. Nous sommes beaucoup trop philosophe pour cela.

Il faut prendre la Bourse telle qu'elle est ; elle a du bon, elle a du mauvais.

Du bon les jours de hausse pour les haussiers ; du mauvais les jours de baisse pour les baissiers.

Les voyageurs qui fréquentent cette contrée aurifère sont de tous pays. Il y a des Français, des Italiens, des Espagnols, des Turcs et des Grecs ; il y a immensément de Grecs.

Les uns mènent la vie à grand train, — en voiture à quatre chevaux, et hopp! hopp! jouent sur la rente ou sur le Nord. — Aujourd'hui riches, demain pauvres.

Les autres vont en omnibus à pied, — et carottent sur les primes et les petites actions... Aujourd'hui pauvres, demain plus pauvres — toujours.

Mercadets à 3 p. 100 dont 10, Mercadets à 5 sous par actions ! Ceux-ci sont sérieux, — ceux-là sont comiques !

Laissons donc les grands Mercadets.

La spéculation des petits Mercadets du temple de Plutus consiste à avoir ce qu'on appelle familièrement du nez. Ils flairent une affaire, la sentent, la tournent, la retournent, — puis se jettent dessus avec fureur ou bien l'abandonnent en grognant :

Le bithume schisteux, — le gaz électrique,

— les docks de ressorts de montres, — les raffineries de sucre d'orge, — les manufactures de cire à cacheter, — les mines de truffes, — les ponts suspendus sur le fleuve Jaune, — les compagnies de melons artificiels et de petits pois postiches obtiennent généralement un grand succès. Avant que les actions aient apparu *in gurgite vasto*, déjà les rois du tripotage ont jeté leur hameçon...

Le *bithume* schisteux s'enlève à quinze francs de primes — non versé.

Le *Gaz* électrique atteindrait bien ce chiffre, — mais les administrateurs n'ont pas assez ouvert le robinet des largesses aux courtiers, tous enfants d'Israël, et les courtiers s'abstiennent de faire mousser la chose.

Les mines de truffes — qui prennent le nom de mines de truffaia — éprouvent des fluctuations nombreuses. Tout le monde en cherche, les malins seuls en trouvent.

Enfin les *melons artificiels* semblent avoir accaparé la faveur publique. La vérité est qu'on ne saurait trop propager les melons ici-bas.

En voyant toutes ces folies, toutes ces débauches, toutes ces orgies de l'argent, Crapouillot s'imagina qu'il était millionnaire, et partit pour opérer la répartition des actions du *Pavé de liége*.

Il avait donné mission à un courtier influent de faire monter la chose.

Ce Mercadet s'aboucha avec un de ses estimables collègues.

Pendant que l'un criait : A 25 fr., j'achète mille actions du Pavé de liége !

L'autre répondait : A 30 fr., je vends deux cents pavés de liége.

En trois jours Robert et Bertrand s'étaient acheté dix mille actions du pavé de liége.

Crapouillot Mercadet manqué, c'était ton pavé de l'ours !

MERCADETS EN CHAMP DE GUEULE

La bohême nobiliaire, faux nobles, faux titrés, industriels douteux, le duc de la Panaderie, le duc de Cocambo, le duc de Merlanfri, le comte de Veaumarin, le baron de Chapoulard, John Blag, van Beden-Beden, le baronnet Lucy de Lamermoor et le banquier Blandezinc étaient réunis autour d'une longue table couverte d'un tapis, occupés à décacheter les myriades d'épîtres adressées.

Exemple :

A Messieurs les membres
du conseil d'administration de la compagnie
du Pavé de liége.

« Messieurs,

« J'ai l'honneur de vous prier de vouloir bien me comprendre pour cent actions dans la compagnie du Pavé de liége.

« Je m'empresserai de verser aussitôt que j'en recevrai l'avis.

« Agréez, etc., etc.

« TRAVERSIN,
« Rentier, rue Brise-Miche, 6. »

Référence : M. le baron Rotschild.

On appelle référence l'espèce de certificat de solvabilité qu'on implore chez tel ou tel agent de change, banquier, etc., etc.

— Ah! mon cher Monsieur Chapoulard, voilà un bon actionnaire...

Oui, en effet... Cela doit verser comme dans un bois.

— Donnons-lui ces cent actions ?

— Oh ! non.

— Pourquoi donc? Mais si nous lui donnons cent actions, — il n'en achètera pas, tandis que si nous ne lui en donnons pas une, il voudra s'en procurer à tout prix.

— Il faut lui en donner.

— Oui! oui! oui!

— Puisque c'est votre avis, Messieurs, je ne peux pas m'y opposer. Donnons donc dix actions à M. Traversin. — Écrivez, Blandezinc!

Autre lettre.

« Messieurs,

« Ex-propriétaire d'un petit immeuble situé à Asnières et dont je viens de me débarrasser, je vous prie de me donner deux cents actions du Pavé de liége.

« Vous pouvez prendre des renseignements sur moi au bureau — de bienfaisance — du 9e arrondissement.

« Agréez, Messieurs, l'assurance, etc., etc.,

« Chiffonnet,

« Propriétaire, rue de l'Homme-Armé, 3. »

— Combien faut-il donner à M. Chiffonnet?

— Donnez-lui-en cent; la référence est bonne. A une autre.

« Messieurs,

« Envoyez-moi, je vous prie, quatre cents actions du Pavé de liége.

« Quand vous voudrez vous servir de mon journal, je le mettrai à votre disposition.

« Caporal,

« Rédacteur en chef de l'*Argus des chemins de fer.* »

— Que disons-nous pour M. Caporal?

— Influent... il se fâcherait : 150! A une autre.

« Messieurs,

« Je vous prie de me compter parmi les souscripteurs du Pavé de liége pour 40 actions.

« L'admirable procédé que vous avez découvert me donne la persuasion que le pavé sera une excellente affaire.

« Je me recommanderai près de vous de l'appui d'un de messieurs les membres du conseil d'administration, M. le duc de Merlanfri.

« GIBRALTAR,
« Négociant, rue de la Grande-Truanderie. »

— Qu'en dites-vous, Monsieur le duc de Merlanfri?

— Oh! oh! ce que vous voudrez, c'est un bottier.... Messieurs... que je croyais mort : jetons-lui-en quelques-unes, il me donnera la paix pendant quelque temps.

Le dépouillement des lettres continua; toutes les suppliques semblaient marquées au meilleur coin : M. Chérubin appelait en témoignage la banque de France, M. Chicorée implorait la protection de la maison Ch. Laffitte, Oscar de Beaupertuis envoyait chez l'agent de change Bassery, Champignel était un correspondant de la maison Baring et Cie à Londres.

MERCADET D'AMOUR

Des femmes, — *tu quoque mulier!* — s'adressaient à la munificence du Pavé de liége. Pauvres filles, — ou vieilles folles, elles inventaient les romans les plus pathétiques, les histoires les plus invraisemblables.

La marquise de Chandernagor, mariée autrefois à un capitaine de la garde royale, avait vu successivement les gouvernements, etc.: — Donnez-moi des actions!

La vicomtesse de Blagkghika, veuve d'un prince russe rappellé subitement à Saint-Pétersbourg par l'empereur et mort pendant la route, avait vu ses immenses capitaux, etc. : — Donnez-moi des actions!

Et mademoiselle Henriette Chardon, première amoureuse du théâtre royal des Délass...-Com.! et Juliette Vogador, écuyère en chef de l'Hippodrome!... et toutes, toutes, quoi!!

Une seule sembla fixer l'attention de Crapouillot; elle était signée MALVINA.

« Mon vieux,

« On disait, comme ça, l'autre jour, que tu gagnais des mille et des cents. Cela m'a donné une petite idée qui nous chausserait, je crois, joliment tous les deux. J'y pensais en tenant une banque de baccarat, où j'ai gagné, par parenthèse, un millier de louis. Je m'ennuie, et je ne sais que faire de mon argent; tu ne dois pas beaucoup t'amuser, et, si tu... voulais faire une fin... eh! eh! eh!... je ne dis pas non.

« Envoie-moi des actions... beaucoup... si ça fait une bonne prime, ça sera toujours autant de gagné!

« Pense à ma proposition.

« MALVINA. »

— L'époux de Malvina! ah! ah!... murmura-t-il, quand je vais être riche! Il n'y a que ces filles-là, ma parole d'honneur, pour s'ingérer de ces stupidités-là!

150... 650... 850... 900... 910... 985... 1,005... 1,075... 1,100... Tout cela fait onze cents, Messieurs.

— Nous avons donné onze cents actions.... C'est beaucoup....

— Oh! il nous en restera assez.

Le gâteau était partagé, il s'agissait de le savourer.

Le Pavé de liége fit son apparition à la Bourse. . . . .
Chaque action au capital de 500 fr. *sortit* avec 1 fr. de prime, grâce aux sacrifices de Crapouillot et Cie; mais, comme elles devinrent très-abondantes sur le marché, elles ne tardèrent pas à tomber au-dessous du pair, au grand désespoir des Traversin, des Chiffonnet, des Caporal, des Gibraltar et autres infiniment petits mercadets qui gravitent dans la planisphère des autres petits mercadets.

Et Blandezinc, qui avait placé au haut du treillage de sa caisse un avis ainsi conçu : « Les versements ne seront reçus que jusqu'à quatre heures, » comptait toujours ses quatre piles de pièces de cinq francs; mais comme sœur Anne. . . . .
L'affaire était coulée.

De plus, une note du commissaire de police priait M. Crapouillot de vouloir bien donner des explications sur la compagnie du Pavé de liége...

Crapouillot montra la note en plein conseil. Elle eut peu de succès... Tous les membres s'esquivèrent les uns après les autres, et jamais on ne les revit.

Mais enfin quel est ce duc de la Panaderie, mon cher comte?

Car les trois associés, Crapouillot, Blandezinc et le comte de Veaumarin, étaient restés seuls.

— Ce duc de la Panaderie, c'est, c'est, c'est... un ancien escompteur qui m'a prêté autrefois, sur une lettre de change de 40,000 fr., 250 fr. en argent, 3,000 fr. de graine de chou colossal... et une entrée à vie à Bobino.

— Et Cocambo?

— Un huissier... maladroit.

— Et Merlanfri?

— Un... joueur malheureux.

— Mais c'est une forêt de Robert Macaire! Et Crapouillot se voila la face...

MA CHANDELLE EST MORTE

— Eh bien! Blandezinc!

— Eh bien! Crapouillot!... nous voilà au point d'où nous sommes partis.

— Ah, oui! Philibert ne nous a pas fait grâce d'un seul jour... et je commence à m'ennuyer passablement ici. Toi, tu t'es fait dentiste, ça n'est pas brillant, mais on est libre. Veaumarin lui-même m'a abandonné.

Il se marie avec la sibylle de Cumes. Cent mille francs de rente!

— Pouah!

— Comment, Blandezinc? tu as des préjugés!... Ah! que Clichy est triste!... As-tu revu Malvina?

— Oui. — Elle est riche à millions et à milliards... Tu sais bien Sophie Galoubet!...

— Après.

— Eh bien! Sophie Galoubet s'est tuée l'autre soir, en laissant toute sa monnaie à Malvina.

— Ah bah! Dit-on pourquoi?

— Certainement, par amour!

— Par amour!

— Elle s'est éprise d'un Pierrot des Funambules, mais la chandelle de Pierrot était morte... Pierrot n'aimait pas Sophie Galoubet... que le prince de *** adorait... Et Sophie Galoubet s'est payé une fin au charbon....... N...i... n...i... la comédie!

— La pauvre fille!

— Et nous, Crapouillot, comment finirons-nous?

— Toi, Blandezinc... à l'hôpital... tu n'as pas de chance.

— Merci... Et toi?

— Moi... je finirai bien plus mal... Oh! jette-moi cette lettre à la poste.

— Pour Malvina?

— Pour Malvina! oui! — Ouf!!!

JE N'AI PLUS DE FEU

« M.

« M. César Crapouillot a l'honneur de vous faire part de son mariage avec mademoiselle Anastasie-Malvina Chamouillard,

« Et de vous prier d'assister, etc., etc., etc. »

— Voilà votre argent, Philibert. Nous sommes quittes.

— Quittes... dont quitus... Adieu... Bonne affaire.

CONCLUSION

— Blandezinc vient dîner ce soir ici, ma chère Malvina.

— Encore! quel meurt de faim!

— Mon ami! ah! c'est mal.

— Tu m'embêtes avec ton ami! — Un imbécile!

— Un philosophe. — Allons, en voilà... assez, madame Crapouillot.

— Madame Crapouillot! — Ah! pour me rappeler que vous m'avez donné votre nom!... Eh bien! quoi?... Je vous ai donné mon argent moi!...

— Son argent!... Ah!

Blandezinc *entrant*. — Encore en querelle!... Je me sauve... Crapouillot, prête-moi cent sous.

Crapouillot. — Voilà.

Blandezinc *dans la rue*. — Ma foi!... ma foi!... Crapouillot avait raison... Il finit plus mal que moi... Quand la maîtresse d'un mercadet devient sa femme, elle est toujours sa maîtresse.

FIN.